DAS FEST

Jürgen Reimer

Das Fest

Erzählung

Bibliografische Information der Deutschen Nationalbibliothek:
Die Deutsche Nationalbibliothek verzeichnet diese Publikation in der Deutschen
Nationalbibliografie; detaillierte Daten sind im Internet über
http://dnb.d-nb.de abrufbar.

Satz, Umschlagdesign, Herstellung und Verlag:
Books on Demand GmbH, Norderstedt
ISBN 13: 978-3-8334-6101-9
ISBN 10: 3-8334-6101-2

FÜR JULE

In geringer Entfernung sah er jemanden vor sich, der auf ihn zu warten schien. Er fuhr zusammen.

Hast du nie wieder daran gedacht?

Doch, das hab ich, Dietrich.

Es hat mir leid getan, Robert. Wir waren doch einmal Freunde.

Hör mir zu. Ich möchte mich nicht mehr darüber unterhalten.

Du bist mir lange Zeit aus dem Wege gegangen.

Ja natürlich. Aber nur die ersten Jahre. Ich habe es schon fast vergessen. Du hast dich ja auch mehr als einmal entschuldigt.

Ja, das hab ich. Ich wollte dir doch nur heute an unserem Festtag noch einmal sagen, wie leid es mir getan hat.

Können wir nicht über etwas anderes reden?

Dietrich Lambacher guckte traurig.

Ich weiß, dass es dich schmerzt, versuchte Robert zu trösten. Aber versteh: ich mag nicht mehr daran denken. Du hast dich mehrere Male entschuldigt, am Telefon und auch sonst. Das genügt nun. Außerdem: es liegt so lange zurück. Wir sehen uns noch. Bis nachher.

In seinen Gedanken sah Robert die Szene wieder vor sich.

Sie waren 17 Jahre alt und gingen schweigend nebeneinander her.

Der Hieb kam so plötzlich, dass er das Gleichgewicht verlor und zusammen mit Dietrich auf den Boden stürzte. Einige Minuten lang wälzten sie sich hin und her, kämpfte einer gegen den anderen. Sie keuchten wie schnaufende Tiere.

Dietrich schien zu siegen, weil er schwerer und größer war. Robert wand sich unter ihm. Dietrich drückte ihn auf den Rasen, so dass er schon fast mit beiden Schultern die Erde berührte.

Du bist ein Feigling. Du hast mich ohne Ankündigung plötzlich und hinterhältig überfallen. Was hast du eigentlich gegen mich, keuchte er.

Durch eine Bewegung seines Oberkörpers gelang es Robert, seinen Feind zur Seite zu drehen. Zugleich bekam er einen Arm frei und rammte ihm seinen Ellbogen ins Gesicht.

Du bist doch nur neidisch auf meine gute Stellung bei Ohlinger. Du kannst es nicht ertragen, dass ich die besseren Aufsätze schreibe.

Er hatte noch nicht zu Ende gesprochen, da traf ihn erneut ein Schlag am Kiefer mit solcher Wucht, dass er wieder umfiel.

Schluss jetzt! Sofort aufstehen! Ein Referendar stand hinter ihnen. Sie kannten ihn nur vom Ansehen. Die beiden ließen voneinander los und erhoben sich. Reicht euch die Hand, sagte der junge Mann neben ihnen. Keiner der beiden kam dieser Aufforderung nach.

Ich werde in Zukunft nicht mehr mit dir sprechen, sagte Robert. Du bist nicht nur ein Neidhammel, du bist auch ein Feigling.

Im Hof des Gymnasiums schmolz der Schnee. Bald würden die ersten Blumen kommen. Nur verharschte Reste der letzten Wochen bildeten noch schmutzige kleine Hügel am Straßenrand.

Eine kalte und grelle Märzsonne brach durch die hohen Fenster der Aula und erleuchtete die hereinströmende Menge von Eltern, ehemaligen Schülern, frisch gebackenen Abiturienten, noch aktiven Lehrern und Pensionären.

Die Menschen drängten sich durch die Türen, jeder schien gleichgültig gegen die anderen.

Eine Mutter: Ich sprach von dem jungen Mann, der heute Mittag am Eingang der Schule die Gäste hemmungslos anbettelte: Ich habe Hunger. Er schien am ganzen Körper zu zittern und war vermutlich drogenabhängig.

Eine andere: Ja, eine Sucht ist etwas Schlimmes. Mein Mann verschlingt riesige Portionen Dampfnudeln mit Vanillesoße. Auch nachts noch um ein Uhr. Morgens ist sein erster Gedanke ...

Man hörte eine Stimme: Kind, so sind die Männer, hab ich zu ihr gesagt, einer wie der andere. Nimm es nicht so ernst. So wie du hab ich auch immer geweint. Aber nach jeder Liebe kommt eine neue Liebe.

Meine Familie will die Ferien immer im Süden, in Südspanien verleben, sagte eine Frau. Aber Hitze erzeugt bei mir ein Engegefühl, so als säße ich in der abgeschlossenen Zelle eines Gefängnisses. Ein panikartiges Bedürfnis nach Flucht regt sich. Die Schwüle fesselt irgendwie. Ich leide unter einem beklemmenden Gefühl. Ich denke ständig an Flucht, will weg nach Norden. Wenn ich jetzt da drüben sitze, habe ich die Sonne im Gesicht.

Ich habe acht Rouladen gemacht, Kohlrouladen, sagte eine andere. Das ist eine Menge Arbeit.

Wolfgang Kählert, der Schulleiter, stand im Ruf, ein vorsichtiger und ängstlicher Mensch zu sein.

Ein Schulorchester spielte ein modernes Musikwerk.

Liebe Eltern, Kollegen, Ehemalige und Schüler unserer Schule, seien Sie herzlich willkommen.

Ein aufgesetztes, joviales Lächeln, das Charme vortäuschen sollte. Er konnte bei seinen Ansprachen meistens einen Publikumserfolg kalkulieren.

Mit den 100 Jahren zählt unsere Schule zu den ehrwürdigen Einrichtungen dieser Stadt. Unsere Schule ist immer sehr lebendig gewesen mit ihrer alle gesellschaftlichen Schichten repräsentierenden Schülerschaft. Unsere Schule hat Lehrer, die sich bei aller Unterschiedlichkeit in den Erziehungsstilen doch einig sind im Bewusstsein ihrer pädagogischen Verantwortung gegenüber den Problemen der Schüler. Ich wünsche, dass immer genügend Kinder in unsere Schule strömen.

Es war stets unser Bemühen, das schulische Leben vielfältig zu gestalten und den Schülern Möglichkeiten zu schaffen, ihre Talente zu entfalten. Schüler, Eltern und Lehrer haben in diesem Bemühen Aktivitäten entwickelt und partnerschaftlich zusammengearbeitet. Dafür bedanke ich mich bei allen. Die Anforderungen müssen sich am Lernvermögen der Schüler orientieren, fuhr Kählert fort. Früher war es umgekehrt. Das Lernvermögen der Schüler sollte sich an den Anforderungen orientieren. Heute haben wir eine Debatte über den sogenannten Schulstress unserer Kinder. Überforderung wird oft als Ursache genannt. Das Kind müsse das Gymnasium besuchen und Abitur machen. Ich möchte Ihnen sagen, dass manches Kind sein Pensum nicht bewältigt, obwohl das Gymnasium mit seinen Anforderungen seit langem heruntergegangen ist. Meiner Ansicht nach müssen die Gründe woanders gesucht werden. Viele Kinder sind sich selbst überlassen, andere leiden unter der Scheidung ihrer Eltern. Tragik zerrütteter Ehen. Bei Kindern wird ein Urvertrauen zerstört. Eltern sollten eine heile Welt für das Kind repräsentieren. Wir erleben oft bei Kindern eine neurotische Aggressivität. Und vergessen wir nicht: die Konsumorientiertheit unserer Gesellschaft erschwert die Konzentration und die Mühsal des Lernens. Ich nenne Ihnen nur als Beispiel: das stundenlange Sitzen vor dem Fernseher, die Computerspiele, die Reizüberflutung und die Lustbetontheit unserer Gesellschaft.

Herr Kählert redete und redete aus Angst, mit Fragen konfrontiert zu werden, die ihn verärgern, bloßstellen oder gar beleidigen könnten. So bekam seine Rhetorik etwas von dem Gehetztsein eines Flüchtigen.

Ja, mein Mann genießt seinen Ruhestand, hörte man eine laute Stimme. Sein Nervenzustand bleibt labil aufgrund der Kindheitserlebnisse der letzten Kriegsjahre.

Eine Frau: 1914/18?

Nein, ich meine den Zweiten Weltkrieg natürlich.

Der Pensionär: Ja, ich muss mich noch sehr schonen, Geselligkeit meiden, solange sich mein Nervenzustand nicht stabilisiert hat.

Was heute erörtert wird, sagte Kählert, berührt nicht den Kern dessen, worum es in der Schule geht. Unsere Lehrpläne sind jahrelang mit sogenannten Modefächern überladen worden. Die Devise vom selbstbestimmten Lernen hat den Lehrplan aufgeweicht. Der Wahlanteil der Schüler wurde in die Höhe getrieben. Die reformierte Oberstufe ist inzwischen wiederholt korrigiert und, wie ich meine, entscheidend verbessert worden. Unsere Schule verfügt seit Jahren über ein Sprachlabor und seit einem Jahr sind wir stolze Besitzer eines Computer-Schulungsraumes. Seine Worte wurden vom Beifall begleitet.

Die Schule ist ständig im Wandel. Heute wird die Schule ganz allgemein und das Gymnasium im besonderen für viele Kinder zum Lebensraum, zum Ersatz für das oft fehlende oder zerrüttete Elternhaus.

Wie weit muss ein Lehrer heute in einer kranken Gesellschaft die soziale Zuwendung übernehmen? Ist das seine moralische Verpflichtung, wenn andere Institutionen versagen? Was macht man mit Kindern, die zu Hause von ihren Eltern keine Zuwendung bekommen, Kinder, die vereinsamt sind? Es ist wahr: im Seminar haben wir Gymnasiallehrer zu unterrichten und auch zu erziehen gelernt, Sozialhilfearbeit zu leisten aber nie.

Ich halte es für verkehrt – und das sage ich Ihnen ganz offen –, wenn von vielen Eltern das Abitur als Besitzstand angesehen wird. Die Schüler kann man nur auf die Welt von morgen vorbereiten, indem man sie mit den neuen Techniken vertraut macht. Was bedeutet Chancengleichheit? Soll man im Interesse einer leistungsbetonten Elitenbildung den Zugang zum Gymnasium und das Abitur erschweren? Ich meine nein.

Liebe Eltern, Schule muss Spaß machen. Nicht nur, aber auch. Wichtig für jeden Schüler ist, dass er über eine innere Anstrengung zu einer inneren Freude kommt.

Ein Vater unterbrach die Rede und rief: Das Abitur garantierte früher einen gebildeten Menschen. Das ist, wie man allgemein hört, nach der inflationären Entwicklung im Bildungswesen völlig vorbei. Heute haben Abiturienten oft nicht einmal das Niveau einer Mittleren Reife.

Unwilliges Gemurmel im Saal.

Ein anderer Vater: Das kann ich nicht bestätigen. Was heißt denn schon gebildet? Was verstehen Sie darunter? Das müssten Sie uns erst einmal erklären.

Kählert fuhr fort: Der moderne gebildete Mensch muss nicht übermäßig viel wissen, aber er sollte kritisch geschult sein. Bildung ist für meine Kollegen – und ich darf in ihrem Namen sprechen – ein dynamischer Begriff. Wir verstehen darunter ein geistig tätiges Leben, keinen Wissenskanon. Wichtig ist, dass der junge Mensch seine Manipulierbarkeit erkennt. Nur dann kann er sich wehren. Ich möchte hinzufügen, sagte Kählert, dass sich der Bildungsbegriff in vieler Hinsicht entscheidend gewandelt hat. Für mich beinhaltet Bildung zum Beispiel auch die Hingabe an eine Sache, die dem Menschen dient. Bildung kann dann über den Weg einer Selbstentäußerung führen.

Eine Frau flüsterte: Gestern fuhren wir mit dem Bus. Hast du das im Fernsehen übrigens mit dem Feuer mitbekommen? Ich meine das mit der Sekte. Die Kinder tun mir leid. Alle tot.

Die Nachbarin: Gestern waren wir bei Söllner. Da isst man gut Fisch. Eine Frau, die früher bei uns gewohnt hat ... jetzt wohnt sie hinter dem Lokal in einem Nebenhaus. Da gibt es einen Parkplatz. Und nun geht das bis spät abends. Ein Krach. Und dann haben die Leute was getrunken und reden noch laut, bevor sie abfahren.

Kählert: Jeder besitzt eine Begabung, die, zur Entfaltung gebracht, ihm erst Zufriedenheit gibt. Eine ganz andere Frage ist, ob er in seinem Leben seine Begabung auch ausleben, praktizieren kann. Es gibt eine Vielfalt von Begabungen, die nicht zum Tragen kommen, weil ihnen Sachzwänge entgegenstehen.

Ein Vater rief dazwischen: Meine Tochter wurde von einem Lehrer dieser Schule aufgefordert, sich Informationen aus dem Internet zu holen. Aber wir haben kein Internet. Ich meine, ein Pädagoge sollte nicht noch daran erinnert werden müssen, dass das Internet auch eine Gefahr darstellt. Ich weiß zum Beispiel von Eltern, die hilflos mit ansehen müssen, wie ihre Kinder Stunden online verbringen und keine Motivation mehr haben, Vokabeln zu lernen.

Kählert schien verunsichert. Ein Problem, sagte er nur, ich weiß. Er ging nicht weiter auf die Äußerung des Vaters ein.

Eine Frau zu ihrer Nachbarin: Du, in der Badeanstalt, etwas weiter, da schwammen sie schon draußen. Das wäre mir zu kalt. Ich krieg das Zittern, wenn ich das nur sehe. O, das muss ich dir erzählen. Hinter der Badeanstalt sind jetzt Heime für Ausländer, mehrere Container. Da sind sie wenigstens unter sich. Übrigens im Krankenhaus hinter unserer Straße haben sie geklaut wie die Raben. Alles aufgebrochen.

Ihre Nachbarin: Im Fernsehen war gestern ein Bericht. Unsere Uschi will Fußbehandlung machen. Und die sind nicht staatlich geprüft, das geht ohne Ausbildung. Sie will ja unbedingt wieder was machen. Dazu hat sie Lust.

Kählert: Wir wollen heute feiern. Ich wünsche Ihnen Freude an unserem Jubiläumstag. Es ist ein Tag der offenen Tür für Sie alle. Ich möchte noch hinweisen auf eine Dichterlesung im Kleinen Musiksaal. Ein ehemaliger Schüler unserer Schule, heute ein bekannter Autor, Herr Robert Wilnius, liest dort aus seinen Betrachtungen. Viel Spaß.

Mein Ältester studiert Sprachen, sagte ein Vater. Er hat kaum einen Professor, den er sich zum Mentor wählen kann. Er klagt laufend über zu volle Seminare. Die Uni ist doch heute zu einer Masseninstitution geworden.

Im Lehrerzimmer. Mathelehrer Rainer Popp, ein Feind des Schulleiters: Ich halte ihn für einen Menschen, der keinen Mut hat, sich eine eigene Meinung zu bilden. Besser: sich zu der eigenen zu bekennen. Warum? Wenn er sich eine eigene gebildet hat, erschrickt er schon über die eigene Courage, will seine Meinung zurücknehmen. Allein der Gedanke, sich vor anderen zu äußern, jagt ihm Furcht ein. Er steht der eigenen Meinungsbildung zaghaft gegenüber. Und das haben wir heute wieder gemerkt. Er möchte sich am liebsten hinter der Meinung einer schon anerkannten Persönlichkeit verstecken und diese als die eigene übernehmen. Ihm kommen immer Zweifel – in Bezug auf das eigene Denken. Er braucht den Schutz einer Persönlichkeit, die ihm Mut macht, die fremde als die eigene zu verkünden.

Ich bin sicher, fuhr Popp fort, dass auch heute wieder nicht eine einzige Meinung seiner eigenen Überzeugung entsprach. Ein Schulleiter, der die Autorität seiner ihm unterstellten Lehrer untergräbt, indem er den Schülern bei jeder Gelegenheit nachgibt.

Lateinlehrer Kurt Weißenberg: Du hast völlig recht, die Schüler nehmen Milde für Schwäche, sie nutzen das aus. Nach erfolgloser Milde versucht es dann mancher Lehrer mit Strenge. Das kommt zu spät. Auch bei Herrn Kählert.

Beide lachen. Popp sagte: Ein guter Pädagoge zeichnet sich heute durch angestrengtes Wegschauen aus. Nur so kann er überleben. Ich meine: Das Eintreten für die Kollegen muss doch wohl in jedem Falle Priorität haben. Aber Herr Kählert vertritt zu häufig die Interessen der Eltern und Schüler, weil er sie für einflussreicher hält.

Weißenberg: Er hat kaum noch Autorität über die Schüler. Und warum? Weil er nie nein sagen kann, wenn sie ihn um etwas bitten. Ich habe das zwar sehr kritisch, aber nicht in feindlicher Absicht gesagt.

Popp ergänzte: Ja, ein schlechter Schulleiter, der nicht hinter seinen Lehrern steht. Die Lehrer fühlen sich bei ihm nicht geschützt.

Sie fürchten, in einer Konfliktsituation mit Schülern vom Schulleiter im Stich gelassen zu werden.

Die Pensionäre Dietrich Lambacher, Klaus Altenbein unter sich: Kählert hat eine hohe Auffassung von seinem Beruf. Er argumentiert mit Kenntnis und Geschick. Aber immer neue Geräte, von denen die Schüler abhängig werden ... Die Kompetenz wird verlagert auf Geräte.

Ein anderer Pensionär kommt hinzu: Also der Klaus, ich erinnere mich, er tanzte wie ein Derwisch durch die Wohnung und rief immer wieder: Hurra, ich bin endlich 60 Jahre alt, im Rentenalter.

Die Lethargie nimmt zu, sagte einer. Lust- und energielos schleppe ich mich durch den Tag. Die innere Lähmung wird von Tag zu Tag stärker.

Ach was, Richard, Kraft und Frische bis ins hohe Alter. Du musst versuchen, gegen das Altern anzuleben.

Ein anderer: Das Jungseinwollen bleibt für viele der einzige noch verbliebene Wert. Wer seine Jugend verloren hat, hat das Wichtigste verloren.

Richard sagte: Also daher die Sucht, um jeden Preis zu verlängern, was nur künstlich geschehen kann. Die Reife des Alters ist kein Wert mehr. Wer ihn trotzdem als Wert betrachtet, macht das aus Resignation, weil er eingesehen hat, dass es kein Zurück mehr gibt.

Heute morgen sah ich übrigens einen alten Mann, der saß im Eingang eines noch geschlossenen Kaufhauses, spielte Akkordeon und sang leise vor sich hin.

Pärchen, die sich bei den Händen hielten, schlenderten auf den Gängen, andere hielten sich innig umschlungen. Einige küssten sich inbrünstig und so selbstvergessen, dass sie die Menschenmenge ignorierten, die sich an ihnen vorbeischob.

Ein Arlecchino, ein Junge aus der Unterstufe, tanzte als buntgekleideter Spaßmacher, war immer in Bewegung, sprang umher.

Ein Abiturient: Ich fühle mich endlich frei. Die Angst meiner Eltern übertrug sich auf mich. Es war wie eine schleichende Indoktrination. Sie wollten es nicht, sie sorgten sich nur. Eine milieubedingte Sorge kann ein derartiges Ausmaß annehmen, dass ein Kind nicht zum Atmen kommen kann. Aber meine Eltern waren selbst Opfer ihrer kleinbürgerlichen Existenzangst.

Andere hockten in kleinen Gruppen auf der Erde und lauschten zu den Takten einer Musik von drei Jungen aus der Oberstufe. Sie blickten mit unbeweglichen Gesichtern.

Zwei Mädchen unterhielten sich.

Hab ich vielleicht gereihert im Riesenrad. Ich wohnte bei Ilona. Ihr Ex musste vor der Haustür schlafen. Eine süße Stadt mit einer tollen Kneipenkultur.

Eine nervöse hastige Lache überfiel das Mädchen.

Sag mal, kennst du noch den dicken Mario mit den Backenknochen? Der wollte mich angrabschen. Widerlich.

Helga Kahlenburg, die Musiklehrerin mittleren Alters, machte einige bekannt mit Laura Mosbach, einer ehemaligen Schülerin. Laura war Komponistin und schon eine echte Preisträgerin.

Frau Kahlenburg: Das Geheimnis ihres Erfolges liegt in der Unbefangenheit, mit der sie aus der Musikgeschichte schöpft. Es gibt Kritiker, die behaupten, ihre Musik sei voller altbekannter Modelle, sie habe eine Vorliebe für tonale Beziehungen, ihre Musik sei romantisch gefärbt, ihre Kompositionen erinnerten sehr an Chopin. Das sind alles nur Neider. Zu Laura gewandt sagte sie: Herr Kählert hat mir gesagt, wir bekämen bald ein modernes Tonstudio.

In einer Klasse saßen Schüler zusammengekauert und bewunderten Adnan Ünchi, der Fleischstücke von einem Spieß säbelte. Dann füllte er sie zusammen mit Zwiebelringen in aufgebackene

Brottaschen. Ein Geruch von gegrillten Innereien mit Knoblauch gewürzt erfüllte den Raum.

Der Elternratsvorsitzende Dr. Franz Alexis: Seit Jahrzehnten erleben wir die schleichende Inflation des Abiturs, ein Niedergang des Bildungswesens seit 30 Jahren. Verdummung der Elternschaft, denen man vorgaukelt, mit dem Gewinn des Abiturs einen sozialen Aufstieg zu haben.

Vater Zielke stimmte ihm zu: Das ist die schwere Schuld gegenüber den Hochbegabten. Diese verlieren bei der Nivellierung und Senkung der Anforderungen jede Motivation. Lehrer, die auch fordern, gelten als autoritär, vom alten Schlag.

Zwei Mütter im Gespräch.

Karen Lintel: Die Nahrung sollte 70 Prozent alkalisch und 30 Prozent säurebildend sein. Getreideprodukte mit den Keimlingen und Blattgemüse enthalten viel Phosphor und Eisen.

Gelatine ist nicht nur gut für den Vitaminhaushalt, sondern es wirkt auch auf die Drüsen in der Weise, dass ...

Frau Hebel: Ich sage immer zu meinen Kindern: Die Probleme im Magen entstehen, wenn man das Essen herunterschlingt. Im Mund beginnt die Verdauung. Milch oder Wasser sollte mindestens zweimal gekaut werden, bevor die Flüssigkeit heruntergeschluckt wird.

Frau Kahlenburg: Pop-Konzerte ziehen junge Menschen an. Moderne Musik führt heute ein Nischendasein. Klänge elektronischer Musik, die befremdlich erscheinen, reizen keinen. Was „progressiv" ist, verkauft sich auch in der Musik schlecht.

Viele Komponistinnen und Komponisten schreiben ihre Noten fest. Meine ehemalige Schülerin Laura auch. Ein geschlossenes Werk also. Ich liebe aber auch das offene Werk, die Improvisation. Ich erziehe die Schüler zu einer Erweiterung des Klanghorizonts.

Es macht großen Spaß, die Geräusche von Autos schöpferisch umzusetzen oder all die Geräusche am Hafen.

Ein Vater: Mein Kompliment. Musikindustrie mit einer Riesenproduktion reduziert Klassiker auf das Repertoire gefälliger Musik. Auch die Kunst ist schließlich dem totalitären Marktgesetz unterworfen. Ist das so neu? Die Begabten werden unterfordert, die Schwächeren überfordert. Aber so ist es doch heute überall.

Gerede unter den Eltern.

Ja, die Kinder kriegen zu viel Freiheit.

Unser Sohn verbringt mehrere Stunden am Tage vor dem Bildschirm.

Das Fernsehen ist manchmal an Geschmacklosigkeit nicht zu überbieten. Ein Mann hat zum Beispiel Furchtbares erlebt, das kündigt ein Moderator an. Und dann sagt er: Seine Frau ist vor seinen Augen ermordet worden, sein einziges Kind in seinen Armen verbrannt. Er möchte darüber reden, fragt mit uns nach den Ursachen. Bleiben Sie dran, gleich nach der Werbung. Wie konnte es dazu kommen?

Eine korpulente Frau mit unfreundlichem Gesicht: Ich liebe zum Beispiel Tierfilme. Ein Tierfilm über Beutelteufel aus Tasmanien. Das Männchen hält das Weibchen als Sexsklavin.

Ein Vater: Ungerechtigkeit besteht allein darin, dass wir ungleich zur Welt kommen.

Frau Hebel: Also Urlaub im Kloster soll interessant sein. Man muss sich dort den Ordensregeln unterwerfen.

Man kann auch das Überleben zwischen Krokodilen proben, sagte ein Herr Dumancic.

Frau Lintel: Hier, schauen Sie mal, das Foto zeigt meinen Mann beim Wasserski.

Herr Dumancic sagte: Ein kleiner Hitler wohnt in uns allen, nicht nur in den Deutschen. Wir sollten das Böse nicht immer bei äußeren

Umständen suchen. Das hat übrigens schon der französische Philosoph Glucksmann gesagt.

Im Hintergrund eines Raumes saßen Schüler geschäftig gruppiert um einen langen Tisch. Ein Oberstufenschüler erhob sich und redete. Nachdem er seine Ansprache beendet hatte, trat ein zweiter Schüler an seine Stelle, erklärte sich mit dem Vorredner einverstanden. Stellvertretend für die uninteressierte Mehrheit, sagte er, sprächen hier engagierte Vertreter ihrer Generation. Sich einzusetzen für die Beseitigung konkreter Mißstände an unserer Schule, das sei wichtig.

Das Lehrerzimmer wurde zur Cafeteria. Lehrer und Eltern schenkten Glühwein ein und kassierten Gelder.

Im Hof gab es eine Band. Ein Saxophon jaulte, ein Schlagzeuger hämmerte, ein stampfender Rhythmus erfüllte den Hof bis in die letzte Nische.

Wenn die Musik pausierte, erhob sich von allen Seiten ein beifälliges Jauchzen und Gekreisch. Einige Hunde kläfften.

Im Keller spielte eine zweite Band: ein Schlagzeuger, ein Pianist und ein Gittarist mit elektronischer Verstärkung.

Lichtblitze zerlegen die Tanzenden in zuckende Gestalten. Lichtflut, welche den Keller in wechselnder Färbung durchströmt. Elektronische Rhythmen hämmern mit rasenden Takten in der Minute auf die Körper ein.

Sie wünschte sich, dass er endlich merkte, wie gern sie ihn hatte. Ein unterdrücktes Schluchzen schüttelte ihren Körper.

Auf einem Flur: Ausgewählte Exponate mehrerer Schüler, die als besonders talentiert galten.

Jüngere Schüler zogen vorbei in den Kostümen von Zirkusclowns. Man sah einen Jongleur mit auf einem Stock rotierenden Metalltellern.

Die Faschingzeit ging zwar dem Ende zu, aber einige Schüler liefen noch kostümiert durch die Räume.

In allen Ecken des Gebäudes Gelächter, Klamauk und Besinnlichkeit.

Es gab Pantomimen und auch einen Performance-Künstler, welcher einige Tische im Lehrerzimmer verhüllt hatte.

Ein Schüler wurde von niemandem übertroffen. Er ahmte in Haltung und Stimme viele Lehrer täuschend nach.

Geräusche, Stimmengewirr und Meinungen auf den Gängen:

Im Fernsehen gab es gestern einen Krimi, in dem jemand gefoltert wurde.

Im Fernsehen passiert das immer.

Die Frau wandte sich an die anderen: Sagt mal, was kann man dagegen tun, dass Kinder ...?

Wir haben gestern im ‚Bären' gegessen. Hervorragend. Es gab souffliertes Saint-Pierre-Filet mit Zuckerschoten, Kartoffelmantel auf jungen Böhnchen.

Der moderne Mensch zieht wie ein Ahasver durch die Lande und sucht nach Plätzen, wo viel los ist, sagte jemand.

Das ist mir zu pauschal.

Überhaupt nicht. Denn im Menschen selbst ist nichts mehr los.

In mir schon.

Das ist mir viel zu abstrakt, sagte ein anderer. Heute leben, das ist alles. Jeden Tag sich so angenehm machen wie möglich.

Und wir waren im ‚Löwen', rief eine Frau. Exquisit. Als Vorspeise gab's einen Salatfächer mit warmem Hummer an Zitronenmelisse. Anschließend ein Taubenkotelett mit Gänse-Stopfleber gebraten.

Ein Philosophiestudent, der vor einem Jahr an dieser Schule Abitur gemacht hatte. Sein Berufsziel: Kabarettist. Um auf sich aufmerksam zu machen, hatte er sich auf die Bühne der Aula gestellt und redete:

Es ist völlig gleichgültig, ob es ein vereintes Europa gibt oder nicht, ob es einen neuen Weltkrieg zwischen Völkern gibt oder nicht. Dieser

Planet wird eines Tages erlöschen wie schon Millionen vor ihm. Dieser Splitter am Rande einer kleinen Milchstraße. Es ist sinnlos, dass es Schulen gibt – besonders natürlich unsere –, dass die Wirtschaft vorankommt, dass unsere Schule ein Jubiläum feiert, denn der Mensch verdient unterzugehen. Der Mensch hat seine Chance gehabt und kläglich versagt. Diese Welt kann nur gerettet werden, wenn man die Menschen abschafft. Sie alle, die Sie hier sitzen, werden mir zustimmen. Gelächter und gutmütiger Applaus.

Zu den Illusionen des Menschen gehört, dass er sich für wichtig hält. Aber es ist eine fruchtbare Illusion, denn der Mensch muss an seine Bedeutung glauben, sich sozusagen in den Dunstkreis eines engen Horizonts begeben. Der Triumph des Lebens zeigt sich darin, dass die Jugend immer wieder glaubt, sie sei wichtig und natürlich die erste Generation, die Neues, noch nie Dagewesenes schaffe. Dazu gehöre ich natürlich auch. (Beifall) Meine Damen und Herren, liebe Eltern, man müsste im Sinne des Lebens die Dummheit loben. Sie wird nicht untergehen.

Ein Wort noch zu unseren Lehrern. Sie sind die besten, die man sich vorstellen kann. Sie bemühen sich um Gerechtigkeit, zeigen sich Einwänden von Seiten der Schüler aufgeschlossen, sie sind auch bereit, eine Entscheidung zurückzunehmen, wenn sie einsehen, dass sie sich geirrt haben. Pause. Natürlich gibt es Ausnahmen. (Kurzes Gelächter)

Der Kabarettist tat, als winke er die Zuschauer zu sich heran. Dann, im Flüsterton mit durchdringendem Blick und eine Hand vor dem Mund: Ich will Ihnen etwas verraten. Wir Schüler sehnen uns nach Lehrerpersönlichkeiten, die uns mit wohlwollender Strenge die Grenzen aufzeigen und in die Pflicht nehmen. Nach einer Pause: Doch doch, Sie dürfen mir das schon glauben. Die Sehnsucht bleibt. Verbeugung. Wohlwollender Applaus.

Altenbein, der vor einem Jahr pensioniert worden war, erinnerte sich plötzlich, als er seinem ehemaligen Schüler Michael begegnete. Ihm war, als legte sich die Vergangenheit über die Gegenwart.

Er war mit einer zehnten Klasse unterwegs auf einer Reise. Schüler saßen in kleinen Gruppen auf einer Wiese.

In diesem Augenblick sagte Joachim, der wie ein Kommandant von einer Gruppe zur anderen schlenderte: Nun wollen wir den kleinen Malte einmal ärgern. Ich werde ihn erschießen.

Malte, der das sicher für einen Spaß halten musste, wandte sich trotzdem erschrocken zu Joachim um, den er hasste: Lass mich zufrieden, du Schuft.

Joachim war schon weitergezogen. Aber er kam gleich darauf zurück, sagte: Jeder, lieber Malte, muss einmal sterben. Heute hat das Schicksal dich dazu bestimmt und mich zum Vollstrecker auserwählt. Gleich hast du alles hinter dir. Deine bösen, bösen Mitschüler und mich an der Spitze brauchst du dann nie, nie wiederzusehen. In einer Geheimsitzung wurde deine Hinrichtung auf den heutigen Tag festgesetzt. Darauf zog Joachim aus seiner Manteltasche eine Pistole und legte auf Malte an.

Es war eine Wasserpistole, die auf den ersten Blick einer echten täuschend nachgebildet war. Mensch Jocki, lass den Quatsch. Hör auf, der Kleine weint ja schon, rief Michael. Aber Malte erhob sich. Alle schmunzelten.

Du willst also nicht durch Genickschuss, sondern im Stehen sterben, Aug in Auge mit dem Tode. Das nenn ich tapfer.

Der Schüler Michael versuchte Joachim zurückzuhalten, doch dieser machte sich los. Er richtete die Waffe auf Malte und drückte ab.

Maltes Gesicht war von Wasser benetzt. Joachim lachte und mit ihm alle anderen. Malte fühlte sich der Lächerlichkeit preisgegeben.

Die Mitschüler umringten die beiden und kreischten vor Vergnügen. Das war zuviel für den kleinen Malte. Die Wut machte ihn mutig.

Mit erhobener Hand sprang er auf Joachim los und ballte die Faust, um sie diesem auf die Brust zu stoßen.

Der wich dem Schlag aus und Maltes Faust stieß in die Luft. Jetzt drängten sich einige Schüler um Malte, den man kaum beruhigen konnte. Er schrie laut, dass er bereit sei, dem Scheißkerl Joachim eine Ohrfeige zu verpassen.

Der aufgestaute Hass gegen seinen Peiniger schien sich entladen zu wollen. Malte blickte wild um sich, das Haar fiel ihm wirr ins Gesicht. Mit erhobener Hand ging er noch einmal auf Joachim zu.

Im gleichen Augenblick traf ihn ein Schlag von ungeheurer Genauigkeit am Kiefer, so dass er rücklings zu Boden fiel. Er hörte Joachims Stimme: Wenn du willst, kannst du dasselbe noch einmal haben.

Für einen Augenblick herrschte Schweigen bei Joachims Claqueuren. Einige empfanden wohl Mitleid mit Malte, stellten sich vor, sie seien an dessen Stelle, andere grinsten um zu zeigen, dass sie in jedem Fall auf Seiten Joachims standen.

Malte nahm seine Kräfte zusammen, erhob sich bis zu den Knien. Um auf die Füße zu kommen, reichte es nicht.

Gut, wir sind quitt, sagte Joachim. Er wollte Malte die Hand reichen, um ihm hochzuhelfen.

Einem Ekel wie dir gebe ich meine Hand nicht. Du bist ein Totschläger. Einige lachten, weil sie die Bemerkung komisch fanden. Malte erhob sich mühsam. Wir bleiben Feinde, rief er.

Okay, Kleiner, wenn du nicht willst. Joachim zuckte mit den Achseln, wandte sich ab. Ich hab es gut mit dir gemeint.

Für immer, schrie Malte voller Wut und mit rotem, nassem Gesicht, für immer bleibst du mein Feind.

Frau Müller: Sie glaubte, das junge Mädchen geblieben zu sein, das sie einmal gewesen war. Sie war stolz auf ihre schlanke Taille. Und dann gab es ja die Damen mit dem kurvigen Hüftumfang. Ihr

Rocksaum war nach oben gerutscht, so dass ihre knochigen Knie sichtbar wurden. Sie machte stets einen kränklichen Eindruck.

Ein Fremder torkelte über den Schulhof: Die Leute in unserem Land ... meine Herrschaften ... zusammen an einem einzigen Tag ... Knopf und weg ... sie versuchen zu verhindern ... die Schüler ... 16- bis 19jährige ... machen Dreck ... solange man sie machen lässt ... alle sind geisteskrank ... ja, was sie alle hier machen ... ist geisteskrank.

Die Schritte des Betrunkenen verloren sich hinter den Fassaden der Nachbarhäuser.

Das Alter mit seinen unangenehmen Begleiterscheinungen rückt bedrohlich näher. Das schafft eine Unruhe im Inneren. Der Pensionär guckte mürrisch. Meine Bewegungen werden immer steifer, ungelenker. Das Fitnessprogramm muss jetzt eine zentrale Rolle in meinem Leben bekommen.

Im Lehrerzimmer waren manche umringt von fröhlichen, ausgelassenen Menschen. Anderen dagegen war die Enttäuschung in ihre Gesichter gegraben.

Eine Treppe führte in Windungen in das obere Stockwerk eines Nebenhauses. Dorthin verschwanden Paare, die sich besonders lieb hatten.

Einer der Pensionäre war ein Relikt eines gebildeten Zeitalters.

Die Lehrerin, Gerhild Lange, schüttelte eine Haarsträhne aus dem Gesicht. Das tat sie wiederholt während des ganzen Tages.

Eine finstere Miene kam dem Schulleiter entgegen. Kählert erinnerte sich nicht, diesen Mann schon einmal gesehen zu haben. Der Fremde blickte sich vorsichtig um, zog einen anderen zu sich heran und flüsterte.

Der Physiklehrer Giese hielt einen Vortrag im Großen Musiksaal.

... überzeugt, man könne alle Vorgänge in der unbelebten Natur anhand physikalischer Gesetze mit Genauigkeit vorhersagen. Das war die klassische Mechanik. Aber die gibt es heute nicht mehr. Es ist ein wissenschaftlicher Aberglaube, dass alle Probleme lösbar seien. Es gibt eine Grenze für die Vorhersage von Naturvorgängen. Das gilt auch für die Bewegung der Himmelskörper. In der Mechanik studieren wir die Bewegung von Körpern, auf die Kräfte wirken. Heute sind die Grenzen der Erkenntnis deutlich.

Die alten Griechen glaubten an eine Harmonie des Kosmos. Durch Newtons Gesetze kann man das Verhalten der Körper im Raume bestimmen. Die Voraussetzung: eine bestimmte Zeit, Ort und Geschwindigkeit sind bekannt. Nur dann lässt sich die Bewegung für alle Zeiten berechnen. Aber das ist vorbei. Es gibt ein Chaos, es gibt keine Ordnung und Gesetzmäßigkeit mehr. Aber was wir jetzt Chaos nennen, kann das nicht eine höhere Ordnung darstellen, die wir heute noch nicht kennen?

Torkelnde Trunkenbolde kamen von draußen, mischten sich unter die Gäste.

Ein Pensionär sprach mit allen über seinen körperlichen Verfall.

Mädchen mit gepiercten Bauchnabeln rannten vorbei.

In einer Ecke des Musiksaals lief ein Fernseher. Die Nachrichten.

Die Auflösung der Barrikaden geschah mit äußerster Härte. Das Stadtviertel glich einem Schlachtfeld. 360 Personen wurden zum Teil schwer verletzt, 180 Autos zerstört. Ein das ganze Land paralysierender Generalstreik folgte.

In einer Klasse hatte man eine Trinkstube eingerichtet, einen erhöhten Schanktisch aufgebaut, der einer Bar ähnlich war. Nach Anordnung der Schulleitung durften nur alkoholfreie Getränke ausgeschenkt werden.

Sandra lächelte vor sich hin. Wenn sie sich die Mädchen ansah, die Christian bevorzugte ... Es war richtig gewesen, sich von ihm zu trennen. Holger hatte ihr die Ruhe gegeben, die sie brauchte, um sich aufs Abi vorzubereiten.

Auf dem Flur der dritten Etage. Der Vielumschwärmte wollte sich einen Spaß machen und trieb ein falsches Spiel. Er sagte zu einem weniger begehrten Mädchen, das ihn sehr mochte: Ich liebe dich. Sie guckte erstaunt. Was redest du für einen Unsinn. Ich möchte dich einmal heiraten, sagte er.

Mir scheint, du hast zuviel getrunken, sagte sie böse und rannte weinend davon.

Ein schüchterner Abiturient stand in einer Nische auf dem Hof.

Ich liebe dich, Yvonne. Aufgrund seiner bitteren Erfahrungen scheute er sich, diese Worte auszusprechen. Er hatte Angst vor dem mitleidigen Blick, der ihm schon einmal bei einem Mädchen begegnet war und der ihn auch jetzt sicher erwartete. Gewiss war sie nicht imstande, seine Gefühle zu erwidern. Es war sinnlos sich zu offenbaren, wenn man doch von vornherein wusste, dass man verstoßen wurde, dass die Worte kein Echo fanden, so wie er es bei anderen Paaren schon im Fernsehen beobachtet hatte.

Er sehnte sich nach einem Glücksgefühl, nach einem Gefühl, das den Menschen davontrug, so sehr, so überschwänglich, dass man vor innerer Freude alle Menschen hätte umarmen mögen.

Ein Minderwertigkeitskomplex hatte sich tief in sein Inneres eingegraben, so tief, dass er, seiner selbst unsicher, bei jedem Annäherungsversuch ein hohes Risiko einging, das nämlich, abgewiesen, vielleicht sogar ausgelacht zu werden. Das würde für sein späteres Verhalten eine noch größere Unsicherheit und Mutlosigkeit zur Folge haben. Die Wunde würde noch tiefer werden. Die Angst vor dieser Möglichkeit schien ihn zu lähmen, ja, seine angeborene Schüchternheit ins Ausweglose zu steigern.

Er stellte sich die Situation des Abgewiesenwerdens immer wieder vor. Wie dankbar wäre er, wie glücklich, wenn ihm ein Mädchen, das er heimlich liebte, zu verstehen gäbe, er sei etwas, er sei ihrer Zuneigung würdig. Aber wo sollte er eine derartige Fee finden?

Fast alle Mitschüler hatten eine Freundin, vor allem die Lauten und Selbstbewussten. Er als einziger nicht. Die einen erzählten von leidenschaftlichen Küssen, andere von Bettgeschichten, mit denen sie angaben.

Er stellte sich das Küssen vor, träumte vom ersten Kuss. Dabei würde seine dicke Brille aber sicher ein Hindernis darstellen. Er müsste sie vorher abnehmen. Aber dann wäre er ja fast blind.

Seit seinem 14. Lebensjahr hatten sie ihn ausgelacht. Er teilte alle Mädchen in zwei Gruppen ein: diejenigen, welche wie er selbst wegen ihres Äußeren Komplexe hatten und die er nicht begehrte. Und dann gab es die anderen, die dem warmen Leben angehörten und von ihm nichts wissen wollten.

Ein junger Referendar und eine Abiturientin, die ihn heimlich liebte.

Wir werden Sie vermissen, sagte sie.

Es drängte ihn, ihr irgend etwas zu sagen.

Aber alles, was er hervorbrachte war: ich werde dich auch vermissen, Tanja.

Sie lachte. Werden Sie das? Sie sprach so leise, dass er sie kaum verstehen konnte.

Sie sagte: Ich frage mich nur: wie lange?

Er zögerte, sagte dann schnell: Immer. Er wusste kein anderes Wort.

Sie lachte. Immer? Das ist ein großes Versprechen. Ich hoffe nur, Sie denken noch manchmal an uns zurück.

Auf dem Weg nach Hause entschloss er sich sie anzurufen und sie zu bitten, sich mit ihm zu treffen.

Ich scheue mich, mit einem anderen, der sich schon isoliert fühlt, Kontakt aufzunehmen, sagte einer. Vermutlich aus Furcht, in das Isoliertsein des anderen mit hineingezogen zu werden. Ein von den anderen isoliert lebender Mensch ist nicht attraktiv. Nur der schon von anderen Begehrte und Gesuchte ist es.

Der Isolierte kann für andere leicht zur Zielscheibe des Spottes werden.

Die Angst, von anderen nicht gemocht zu werden, beherrschte mich ständig, und die anderen spürten mein Anderssein. Zwischen den Selbstsicheren fühlte ich mich nur geduldet. Im Raum des Geistes war ich meiner sicher, spürte meine Überlegenheit. Hier war ich zu Hause.

Ein Student: Ich fahre noch in diesem Jahr nach Taizé. Ein kleines Dorf in Burgund. Die Einfachheit, die sozialen Unterschiede werden nivelliert. Vor diesem Gottesdienst sind alle gleich. Stellt euch vor, eine Zeit der Stille, des Gebets, der Musik. Solostimmen, Instrumente schweben über dem Cantus Firmus. Ich war schon einmal da. Es ist meine Welt. Die Menschen in der modernen Gesellschaft bedürfen dringend einer spirituellen Erhellung, wenn sie nach dem Konsumzeitalter nicht ins Bodenlose fallen sollen. Das ist meine Meinung.

Ein Mädchen saß neben einem Jungen und streichelte seine Hand. Sie sei an allem allein schuld, wenn er durchs Abi gefallen sei. Sie hätte ihn nicht verlassen dürfen, schon gar nicht während seiner Examenszeit.

In allen Räumen des vierstöckigen Gebäudes hallten die Stimmen.

Ich fühle eine innere Leere, sagte einer. Nach dem Abi, auf das man gespannt war, auf das man hinarbeitete, hat das Leben zunächst seine strukturierende Mitte verloren. Ich befinde mich zur Zeit in einem Niemandsland. Wenigstens ist das mein Gefühl.

Eine junge Mutter erzählte so laut, dass es alle Umstehenden hörten: Gestern habe ich einen süßen Film über das Matriarchat der Erdmännchen gesehen. Also sie leben im Matriarchat, werden von Weibchen angeführt. Es gibt einen Späher, während die übrigen auf Jagd sind und Eidechsen und Schlangen zu erhaschen versuchen. Auf einen Pfiff des Spähers verschwinden sie alle in ihrem Erdloch.

Bei meinen Eltern wohne ich in einem kleinen engen Raum, dessen Fenster auf einen Innenhof gehen, sagte ein junger Mann. Mein Freund hat den Vorteil, rein- und rausgehen zu können, ohne von jemandem kontrolliert zu werden.

Ein Kollege: Kählerts Ansprache war mal wieder mit Schlagworten durchsetzt.
Einige schwiegen, andere lobten, Kritik überwog.
Kennst du das Café Nachtschwärmer für Einsame, Übriggebliebene und psychisch Gestörte?
Bei Mädchen habe ich bisher immer Pech gehabt. Die Kleine in Florenz auf der Klassenreise wollte nichts von mir wissen. Nur die Dicke war scharf auf mich, und die mochte ich nicht.
Ein Psychologiestudent im 2. Semester: Es gibt Mädchen, die zum Schein locken, um dann, wenn jemand angebissen hat, nein sagen zu können. Sie wollen den Mann demütigen. Das wertet sie nach ihrem Selbstverständnis auf. Ein vielleicht unbewusster Mangel an Selbstwertgefühl muss auf diese Weise kompensiert werden.

Das Mädchen Kristina weinte. Keiner aus der Klasse mochte sie. Wenn sie daran dachte, was Melanie zu ihr gesagt hatte, und die war doch einmal ihre beste Freundin gewesen. Am besten wäre es, sich umzubringen.

Ein Schwärmer: Die Umwelt stellt sich dem Liebenden verzaubert dar. Es ist, als ginge der Glanz von dem geliebten Wesen auch auf alle Gegenstände ihrer Umwelt aus. Meine neue Frau erscheint wie eine Göttin, die alles beseelt. Dieser Baum zum Beispiel befindet sich jetzt in ihrer Nähe. Den Baum hat sie heranreifen sehen. Alles kennt sie, alle kennen sie. Alle Geheimnisse weiß sie. Eine Milde geht von ihr aus. Ja ich möchte sagen: ein metaphysischer Glanz. Für mich ist sie die einzige wirkliche Wirklichkeit. Eine gehobene Wirklichkeit. Du, so glücklich war ich noch nie.

Polonaise durch das ganze Haus, vom Keller bis zum oberen Stockwerk. Die Hände fest auf den Schultern des Vordermannes, die Kette reißt bei jeder Wegbiegung. Man sang: Ein bisschen Spaß muss sein, dann ist die Welt voll Sonnenschein.

Ein ehemaliger Schüler hing während eines Spazierganges seinen Tagträumen nach.

In dem Haus dort oben neben dem Park, da wohnte sie. Ich muss mit dir reden, sagte ich damals zu ihr. Du musst zu mir zurückkommen. Ich will dich wiederhaben. Verzeih mir. Sie schüttelte den Kopf.

Aber richtig ist, dass ihn plötzlich das Gefühl überkam. Er konnte mit seiner Empfindung für sie nicht zurechtkommen und wurde gedemütigt, schwankend zwischen Wut und zärtlicher Hingabe. Dann dachte er: sie beutet mein Verliebtsein aus. War das nicht gemein, hässlich, ja unmenschlich? Aber nein, sie spielte nur die Gleichgültige. Dann empfand er seine verschmähte Liebe wie ein Todesurteil mit sofort sich anschließender Exekution. Nein, es gab damals keine Hoffnung auf Begnadigung.

Ihr Lächeln blieb ein Rätsel, war von seinem Wesen her schwer definierbar. Es war voller Wärme, Zärtlichkeit und Sinnlichkeit zugleich – eben erotisch.

Gerede im Lehrerzimmer:
Diese schnelle Rückfahrt, zu der ich mich entschlossen habe. Sie glich einer Flucht. Einer Flucht aus der Vergangenheit, die ich so nicht mehr wollte. Das begriff ich erst, als ich am Ziel angekommen war. Plötzlich die Erkenntnis: eine starke Bindung an Vergangenes, an vergangene Erlebnisse, blockiert die Zukunft. Ein schreckliches Gefühl erfasste mich. Ein Gefühl, das ein Schüler empfinden muss, der eine Klasse wiederholen soll und sich unter jüngeren Mitschülern wiederfindet.

Panik erfasste mich. In Florenz angekommen bestieg ich den nächstmöglichen Zug, der mich nach Hause brachte. Heute weiß ich: ich floh aus einer Fluchtburg, meiner Fluchtburg, die für mich, nur für mich, zur Ruine geworden war und ein Wohnen unmöglich machte. Nur ein Aufbruch zu neuen Ufern – keine Rückkehr zu den alten – gibt dem Leben frische Impulse, bewahrt es vor Stagnation.

Stimmengewirr in allen Räumen. Es ist eine Illusion, sich seine Jugendlichkeit zurückholen zu können.

Ich musste mich von neidischen Bekannten trennen, um Neues beginnen zu können.

Aufgrund meiner geistigen Anlage war ich immer ein Außenseiter. Man duldet diese Menschen, aber man mag sie nicht. Ein Komplex entstand: dich mögen die Mädchen nicht. Du bist ihnen zu kompliziert.

Warmes Wetter löst bei mir Beklommenheit aus. Ich weiß auch nicht, warum. Es ist alles so hell, zu viel Licht. Dunkelheit beruhigt. Im letzten Jahr hatten wir einen aufdringlichen Spätsommer.

Ein wunderbarer Film über einen Dirigenten, der an das Gute im Menschen glaubt. Er will mit Hilfe der Musik das Gute im Menschen wecken.

Der Zen-Buddhismus will das in Begriffen sich bewegende, logische, Subjekt und Objekt scheidende Denken aufheben. Durch mystische Erleuchtung.

Zwischen Gruppenmitgliedern bauten sich im Laufe der Reise Animositäten auf.

Gefüllte Fasanenbrust, Cognacrahmsauce, Sauerkraut – mein Lieblingsessen.

Mein Mann legte immer Wert auf die Tage nach seinem Geburtstag. Er glaubte, sich auf diese Weise dem Strom der Zeit entgegenstemmen zu können. Es war der Versuch, ein schwaches brüchiges Wehr in einem reißenden Fluss zu errichten, der ihn nach vorne riß, in eine immer knapper werdende Zukunft.

Das haben Sie aber schön gesagt. Ich meine den Vergleich.

Heute wird ein Schlußstrich gezogen. Morgen springe ich in eine neue Zeit.

Ich schwöre, den Kampf aufzunehmen gegen alle Mächte, die mich in eine Altherrenriege drängen wollen. Es sind anonyme Mächte. Ich werde sie bekämpfen.

Wir sehen uns! Beim Heurigen in Wien!

Ja, spätestens. Und dann natürlich in Heiligenstadt.

Wo sonst? Was mich betrifft, so will ich jeden Stress aus meinem Leben nehmen. Das solltest du auch anstreben. Die Welt wundert sich nicht, wenn du keine Notiz mehr von ihr nimmst.

Der Alltag kehrt zurück. Die Spannung schwindet, die durch das Auf-ein-Ereignis-Hinleben gegeben war.

Ich leide unter verschleimten Atemwegen und Arthrose in Händen und Beinen.

Der junge Mann da drüben war Praktikant bei uns, hat damals sein Studium verschoben.

Ein Mensch unter den vielen Besuchern litt unter einem Fluch, ein Fluch, der ihn zwang, Lust zu empfinden, wenn er andere seelisch quälen konnte. Er selbst litt am meisten, musste für seine teuflische Veranlagung bitter bezahlen. Er war Täter und Opfer in einer Person. Der Wunsch, anderen die gute Laune zu verderben oder das Leben schwer zu machen – ein Destruktionstrieb, der sich natürlich besonders gegen die eigene Person richtete.

Menschen mit versteinerten Mienen und mit von Falten durchfurchten Gesichtern zogen durch die Räume.

Ein Vater fiel durch seine dicken schwarzen Augenbrauen auf.

Man begegnete dem langen Oval eines jungen Gesichtes.

Eine mediterrane Erscheinung mit weißem offenen Hemd und Goldkette um den Hals kam die Treppe herauf.

In vielen Gesichtern spiegelte sich die innere Unzufriedenheit wider.

Ein Dutzend junger Leute zog von Stockwerk zu Stockwerk.

Im oberen Stock fand ein Lehrer Junkie-Spritzen.

Ich lebe jetzt in einer Wohngemeinschaft, hörte man jemanden laut reden.

Einer teilte mit dem Ellbogen Püffe aus. Alle wichen zur Seite.

Kählert verfügt über eine warme sonore Stimme, sagte eine Frau.

Ein noch amtierender Kollege: Im Kollegium besteht eine große Rivalität, wenn es um die Verteilung von Posten geht.

Es herrschte eine beklemmende Enge im Lehrerzimmer, auf den Fluren und im Musiksaal.

In einem leisen Ton, als spräche jemand allein vor sich hin: Ich hasse mich selbst ebenso sehr wie meine Mitmenschen wegen meiner ständigen Betrunkenheit und Haltlosigkeit. Aber eigentlich bin ich ein Idealist.

Mein Vater spielte oft den Eifersüchtigen, um einen Anlass zu haben, sich und meiner Mutter den Abend zu verderben. Er fühlte sich gut, genoss es, wenn er anderen die Stimmung verderben konnte. Später tat ihm alles leid. Er empfand Reue und litt unter dem Gedanken, wieder ein Opfer seiner sado-masochistischen Anlage geworden zu sein.

Die Ehemaligen trafen sich im Kleinen Musiksaal, den man in ein Café umfunktioniert hatte.

Die Angst vor Alter und Krankheit nistet sich im Kopfe fest. Diese Angst spielte noch vor wenigen Jahren bei mir keine Rolle.

Ich freue mich auf das Wiedersehen mit ehemaligen Schülern an einem Jubiläum, am 100sten Jubiläum, herrlich.

Menschen wollen im Gasthaus den Platz einnehmen, auf dem sie ein Jahr zuvor gesessen haben. Sie wollen in die Vergangenheit zurückkehren. Ja, so ist das. „Und da ist ja der Tisch, an dem wir vor einem Jahr gesessen haben." Einige lachen.

Über den Vorruhestand habe ich mich noch Jahre später wie über eine Beförderung gefreut.

Ich habe vor 30 Jahren hier Abitur gemacht. Ich bin heute in gelöster, fast heiterer Stimmung. Das Miteinander erfreut. Ja, ich empfinde ein Glücksgefühl. Welch ein schöner Tag. Sollte es immer dann schön sein, wenn ich mit anderen alten Bekannten zusammen sein kann?

Na gut, der Wind weht kräftiger, das Laub fällt rascher, die Jugend ist dahin, aber das innere Feuer ist bei mir noch nicht erloschen.

Boy Albers sagte: Früher hatten die Schüler ein Theaterstück einstudiert. Schüler trugen Gedichte vor. Heute bietet man Spaß und Klamauk, gewöhnliche Vergnügungen, um die Gäste zu unterhalten.

Kurt Weißenberg: Vor 50 Jahren habe ich hier Abitur gemacht. Die Knochen, die Knochen. Früher sprang ich morgens aus dem

Bett, begrüßte den jungen Morgen, rannte im Pyjama auf den Balkon und machte 20 Kniebeugen. Und heute? 15 Minuten sitze ich auf der Bettkante, überlege, was ich als nächstes zu tun habe. Dann entschließe ich mich, statt zurück ins Bett zu fallen, ins Badezimmer zu gehen und mir die Augen auszuwischen. Eine gewaltige Leistung, eine Überwindung.

Altenbein sagte: Vielleicht hätte ich gerne ein paar Worte zum Abschied gehört, aber nicht in dieser Schule und nicht von diesem Schulleiter. Heute werde ich von einem neuen Lebensgefühl beherrscht, einem zufriedenen.

Kurt, hör zu, ich muss dir was erzählen. Auf Reisen mit anderen Touristen spielte ich die Rolle eines charmanten liebenswürdigen Menschen. Alle fanden mich sympathisch. Das ging auch einige Tage gut. Besondere, unvorhergesehene Situationen während der Reise, die immer eintreten können, veranlassten andere und mich, die Masken fallen zu lassen.

Ich hatte Furcht, mich zu schnell zu demaskieren und auf diese Weise mein wahres, ihr wisst ja, wenig umgängliches Wesen zum Vorschein kommen zu lassen. Reisen, auf denen ich mit fremden Menschen zusammentraf, die alle wie ich eine Studienfahrt gebucht hatten, flößten mir immer schon vor Beginn Unbehagen ein. Die Angst wuchs mit jedem Tag, von anderen gemieden und isoliert zu werden.

Klaus, kennst du noch den Dietrich? Welchen Dietrich? Na den Lambacher. Der hatte schon als Abiturient einen schwammigen Körper. Den hab ich vorhin wiedergetroffen. Der war mit mir mal Kollege an einer Schule. Seine Lebensgier hatte etwas Selbstzerstörerisches. Wenn andere Kollegen ein Eisbein aßen, aß er drei Portionen. Bei Kollegiumsausflügen, meine ich. Der Dietrich war immer maßlos. Er war eigentlich die personifizierte Maßlosigkeit. Er hat mir einmal im Vertrauen gesagt, dieser Trieb zur Selbstzerstörung, der sich dahinter verbirgt, habe ihm seit seiner Kindheit zu schaffen gemacht.

Boy Albers: Ich hatte als junger Mensch nie Schaum vor dem Mund. Ich wollte nie die Welt verbessern. Ich stand nie auf einer Barrikade, war nie ein Eiferer. Die Ursache liegt in den kindlichen Kriegserlebnissen. Nur das Leben als solches ist schön. Solange man natürlich gesund ist. Jede Art von Vereinsmeierei ist mir verhasst. Ich sehne mich nicht nach Orden und Parteibüchern, habe nie einen Ehrenvorsitzenden um sein Amt beneidet. Den Wald liebe ich, bin glücklich, wenn er mich aufnimmt.

Hans Urweider und Robert Wilnius, auch ehemalige Schüler, bahnen sich ihren Weg durch die Menge der Eltern und Schüler, begrüßen die anderen Ehemaligen und setzen sich zu ihnen.

Ziobaka im Gespräch mit Popp. Ich suchte Fluchtbewegungen, auch wenn sie keine Burg in Aussicht stellten. Als Lehrer litt ich unter der Angst, die Schüler wollten mich verletzen. Sie schienen mich bis in meine Träume hinein zu bedrängen. Oft dachte ich auch: vielleicht mögen sie dich ja doch.

Robert Wilnius: Wer keine oder nur wenig Erfüllung im Beruf findet, der freut sich natürlich auf seinen Ruhestand. Vielleicht wartet auf ihn eine Tätigkeit, die endlich Erfüllung verspricht. Wer sich hingegen während seiner aktiven Berufszeit mit seiner Arbeit weitgehend oder ganz identifizieren konnte, der muss den Ruhestand fürchten. Viele Menschen, die eine besondere Begabung in sich spüren, die sie aber in ihrem Berufsleben nicht einsetzen können, finden ihre Erfüllung während der so genannten Ruhezeit.

Wenn ich jetzt intensiv arbeite, werde ich nicht mehr von dem Gefühl gequält, die Zeit laufe mir davon, ohne sie für meine eigentliche Arbeit nutzen zu können.

Boy Albers: Wie denkt ihr? Die Schule heute – eine Gefälligkeitsschule. Kollegen machen Geschenke, was die Noten betrifft. Das Handeln und Feilschen um Noten. Das Abiturzeugnis wurde zu einem ungedeckten Scheck. Wer von uns Lehrern noch Leistung verlangte, auf Disziplin achtete, wurde von vielen Schülern als autoritär diffamiert. Außerdem musste er fürchten, den Schulleiter gegen sich zu haben. Aber der war ja selbst ein Opfer der Zeitumstände. Jede Schule muss von ihrer Idee her pervertieren, welche auf dem Marktsektor der Schüler wie im Wirtschaftsleben ihre Anteile suchen muss. Wie kann man die Konkurrenten unterbieten? Abitur zu Dumpingpreisen.

Wie herrlich war die Schule, als ich als junger Lehrer begann, fuhr Albers fort. Und wie traurig war es um das Gymnasium bestellt, als ich in Pension ging. Junge Lehrer, die nach mir kamen, haben die Schulen unterwandert. Dem Schulleiter blieb eine Statistenrolle. Auf ihn, der sich dem Kollegium gegenüber behaupten musste, konnte man als ein Lehrer, der noch forderte, nicht mehr zählen. Die Jungen gaben den Ton an, belächelten die älteren Kollegen als Wert-Konservative.

Wilnius: In einer Kneipe erinnerte sich der Wirt noch nach 10 Jahren, dass ich jeden Abend sechs Schnäpse trank, bevor ich, was er nicht ahnte, auf der Suche nach Abenteuern einsam weiterzog. Ach, die Luft hier heute schmeckt für mich nach Ferne, aber zugleich auch nach Verlassensein.

Urweider: Kennt ihr eigentlich noch den Winfried Metzge? Er war sich seiner pädophilen Neigung bewusst, hatte aber eine Scheu, sich vor anderen dazu zu bekennen, was man verstehen kann. Mir hat er sich einmal anvertraut. Dieser Zustand, der ihn zur Geheimhaltung zwang, trieb ihn in eine Unruhe, trieb ihn um, führte dann zu gesteigerter Tätigkeit, zu einem Engagement im Sozialen, das alle bewunderten. Seine Umgebung hielt ihn für außerordentlich tüchtig. Die Mitmenschen sahen in ihm ein Vorbild, einen Mann, der eigene selbstische Interessen überwand, um sich ganz in den Dienst einer sozialen Aufgabe zu stellen.

Und was ist mit ihm?

Hans Urweider zögerte ein wenig mit der Antwort.

Er starb ein Jahr nach seiner Pensionierung, sagte er schließlich. Es ging ihm nicht gut, er hatte zuletzt schon mehrere Bypässe. Alle schwiegen einen Augenblick.

Kurt Weißenberg meinte: Ich bin wohl ziemlich altmodisch, wenn mir die sexbetonten, allzu willig aussehenden Mädchen von heute ... ja abstoßend möchte ich sagen, zumindest aber unerotisch erscheinen. Ich kann nicht verstehen, wie diese Mädchen in den jungen Männern noch Verlangen wecken können. Auch das ewige Gerede über die technischen Möglichkeiten des Sexuallebens löst in mir Ekelgefühle aus.

Wilnius sagte: Ich bin ganz deiner Meinung. Das Mädchen muss ein Geheimnis bewahren, oder besser: geheimnisvoll wirken. Als junger Mann brauchte ich das Gefühl, ein Mädchen erobert zu haben. Ich habe immer lange Zeit gebraucht, ein Mädchen davon zu überzeugen, wie schön Sex sein kann. Heute müssen die Mädchen ihren neuen Freund davon überzeugen. Na, wir wollen nicht pauschalisieren. Es gibt sicher auch andere.

Urweider: Das ist unsere Zeit, da können wir nichts machen. Die nächsten Generationen können schon wieder ganz anders sein.

Wie meinst du das, fragte Kurt. Ich versteh dich nicht.

Na, vielleicht prüde und sexfeindlich.

Klaus Altenbein: Wie doch der Trieb nach Mädchen im Alter nachlässt. Herrlich. Endlich frei davon. Wie lange habe ich in jüngeren Jahren unter starker Hormonproduktion und Libido gelitten. Welche Rastlosigkeit war damit verbunden. Jetzt werde ich ruhig. Das ist das Schöne am Älterwerden: nur noch Wein, Bücher und – Gesang. Nein, Unsinn. Vom Singen halte ich nicht so viel.

Unser Schriftsteller Wilnius leidet an seiner Existenz als solcher. Das ist mir immer bewusst gewesen, sagte Urweider. Er ist krank. Wir, das heißt meine Frau und ich, haben Freunde. Wir pflegen Geselligkeit. Wir laden Robert ein. Er kommt aber nicht, will nicht dazugehören. Der Einzelgänger quält sich. Warum? Er kann sich nicht anpassen. Er spricht von einer vergifteten Literaturszene, die von einem kommerziellen Denken durchsetzt sei. Aber ist das so neu? Und können wir daran etwas ändern? Er ist auf eine seltsame Weise stolz, wenn er erklärt, er sei nie zum Publikum gegangen, das Publikum solle vielmehr zu ihm kommen. Mein guter Robert pflegt das Klischee vom schwierigen Poeten. Sein von innen bedrohtes Ich muss sich nach außen hermetisch abschließen.

Robert Wilnius: Entscheidend ist nicht, was einem Menschen widerfährt, sondern wie er es verarbeitet, wie sensibel er auf eine Erfahrung reagiert. Aber ich gebe dir Recht, Hans. Der Rückzug auf das eigene Ich ist ein Irrweg. Im geselligen Umgang mit anderen fühle ich mich schüchtern und gehemmt. Eine Inflation von Preisen heute. Früher waren es die Orden. Aber den wahren Künstler machen Preise noch einsamer. Wahrscheinlich sogar traurig. Er spürt den Abstand, der zwischen ihm und der jubelnden, vermeintlich jubelnden Menge besteht.

Wilnius las auf der Empore der Aula.

... dieser gewaltige Gott, rief er emphatisch, der Gott als Wanderer ... und dann die Ankunft des Gottes – wehe dem König, der ihn ignorierte. Und wir heute? Der selbstbewusste aufgeklärte, sich für aufgeklärt haltende Mensch – er wird von diesem Gott des Lebens und des Todes in ähnlicher Weise zerrissen werden ...

Die letzten Zuhörer verließen kopfschüttelnd den Raum. Robert Wilnius entdeckte, das er allein zurückgeblieben war.

Der Mensch wird zerrissen werden, wiederholte er, so wie es den Königen widerfuhr, die in ihrer Arroganz und Ahnungslosigkeit den mächtigen Gott nicht wahrnehmen wollten.

Zwei noch aktive Lehrer im Gespräch.

Picasso stieg nicht aus, musste sich aber immer wieder häuten. Er hat mit seinen Kehrtwendungen die Menschen immer wieder geschockt.

Picasso machte den zum Scheitern verurteilten Versuch, im Alter jung zu sein.

Wie soll ich das verstehen? Ist Jugendlichkeit denn besser als Altersweisheit? Muss man unbedingt jung bleiben wollen?

Ach, schau doch mal, all die verliebten jungen Leute. Wer liebt, für den beginnt alles von innen zu leuchten. Später muss die Liebe in die Wirklichkeit des Lebens hineingenommen werden, sich in die Grenzen des Alltags fügen. Das macht sie meistens kaputt.

Erinnerst du dich übrigens noch an unser Gespräch von gestern? Anders als du stehe ich auf der Seite des daheim gebliebenen Sohnes. Er ist überfordert, wenn er den Vater verstehen soll, der dem reuig Heimgekehrten ein Fest gibt. Freude soll vorherrschen, aber eine stille, innere, die sich nicht in einem Fest kundtut.

Wenn es dem verlorenen Sohn, der heimkehrt, ehrlich ist mit seiner Reue, dann würde ihm eine stille Aufnahme, die über sein Heimkommen nicht viel Aufhebens macht, genügen. Dass der Daheimgebliebene kein Heiliger ist und sich menschlich zu Recht beim Vater beschwert, das finde ich verständlich. Gerade mit Rücksicht auf den Daheimgebliebenen hätte der Vater kein Fest geben sollen, wenn auch das Fest des Vaters damals sicher einen anderen Charakter hatte als das unsrige heute.

Schüler unter sich.

Es reizte mich, andere zu erheitern und ich versuchte, vor ihnen den Clown zu mimen. Ich sah zum Beispiel aus dem ersten Stock eines Treppenhauses und schnitt Grimassen. Die erstrebte komische Wirkung blieb nicht aus.

Einer sagte: Einige Mädchen sind glücklich, wenn sie von einem Popstar in dessen Harem aufgenommen werden. Es machte mir nichts aus, dass er noch andere liebte, sagen sie.

Lass uns mal richtig miteinander reden.

Wozu? Ach so, du meinst es ironisch.

Nein, meine ich nicht. Ich versuche einen Hit um Geld zu verdienen.

Dann mach doch endlich einen.

Übernimmst du dich auch nicht?

Das mach ich locker.

Zwei Mädchen: Also einen niveaulosen Humor, den finde ich ekelhaft.

Ja, das finde ich echt geil.

Ein Dunkler, sie geht mit einem Dunklen? Darauf stehe ich nicht.

Hast du den mal oben ohne, ohne Hemd meine ich, gesehen?

Aber ich finde den ganz attraktiv.

Hallo Jan, wie hieß doch noch euer Abi-Thema in Philosophie?

Die Menschen bewundern die Höhen der Gebirge, den Umfang des Ozeans, den Umlauf der Gestirne – auf sich selbst aber achten sie nicht. Ich glaube, das ist von Augustinus. Erläutere und nimm Stellung. Also so ungefähr.

Ich könnt dir eine runterhauen.

Dann tu's doch. Sie schlägt.

Ich dachte gar nicht, dass du das tust.

Kennst du meine Adresse? Warte, ich schreib sie dir auf. Hast du was zu schreiben?

Ich versteh nicht, warum du dich so aufregst.

Na ja, er will mich ins Bett kriegen.

Und? Ist das was Schlimmes?

Eine Tombola.

Die letzten Lose. Sie haben noch einmal die Chance, dabei zu sein. Jetzt sollten Sie mitmachen. Ausverkauf! Dranbleiben! Ein großartiges Finale. Der Hauptgewinn! Melanie und ich erwarten Sie gleich als Gewinner.

Ein Schüler, der aussah wie Harpe Kerkeling. Ich habe noch etwas nachzuholen, sagte er. Hier ist Melanie, meine charmante Assistentin.

Viele haben mitgemacht. Einer kann nur gewinnen. Zur Entgegennahme der Ehrenurkunde bitte ich Herrn Walther zu mir nach vorn zu kommen. Bitte Herr Walther, kommen Sie zu uns. Herr Walther ist nicht anwesend. Dann die Nummer 17. Ja, kommen Sie, kommen Sie zu mir. Ein Vater kommt.

Sie sind Herr Jorcek. Grüß Sie, Herr Jorcek. Sie haben den Hauptgewinn gezogen. Eine gute Flasche Rotwein aus Bordeaux. Applaus für Herrn Jorcek! Machen Sie beim nächsten Fest unserer Schule wieder mit? Also beim 150. Jubiläum?

Nein, ich komme langsam in die Jahre. Gelächter.

Applaus für den Herrn, der in die Jahre kommt!

Lateinlehrerin Frau Kelplin im Gespräch mit einer ehemaligen Schülerin, Sabine Schwertz, welche Germanistik studiert.

Frau Kelplin: Unsere Zeit weiß von den wesentlichen Dingen hundertmal weniger als die Antike, die schon über 2000 Jahre zurückliegt. Als wesentliche Dinge nenne ich die Liebe, den Tod und die Religion.

Frau Schwertz: Aber dafür kennen sich unsere Schüler doch im Internet aus, wissen mit Computern umzugehen.

Frau Kelplin: Ja, aber dabei handelt es sich um technische Errungenschaften, welche nicht die tiefen Dimensionen des Menschen berühren.

Frau Schwertz: Das Leben der Menschen von heute hat keinen

Schatten mehr. Ich gebe ihnen Recht. Es fehlt die innere Bindung an die Vergangenheit. Und die Zukunft erscheint den meisten dunkel, ungewiss. Was bleibt also?

Frau Kelplin: Und ich meine es ohne moralisierenden Unterton. Wundert es Sie, wenn in einer derartigen Situation die Menschen alles auf den Genuss in der Gegenwart reduzieren? Der lateinische Spruch: mors certa hora incerta, der jeden einzelnen von uns meint, ist zu einem kollektiven Schicksal geworden. Das ist das entscheidend Neue in der Geschichte der Menschheit.

Robert, ich habe oft seltsame Gedanken, sagte ein Ehemaliger zu Wilnius. Warum bin ich nicht auch der Alte, der Penner am Bahnhof? Ist das mein Verdienst? Ein ewiges Fragen. Nur Zynismus hilft, dem sich die meisten, was ihr Verhalten angeht, schon verschrieben haben. Der bittere Gedanke, dass alles Zufall sein könnte: wo du zum Beispiel herkommst, was du genetisch mitbekommen hast, was du in deinem Leben so erlebst. Der Zynismus besteht doch darin, dass wir uns einen Verdienst, ein moralisches Gelingen anmaßen, wenn unser Leben einigermaßen gut verläuft. Eine Lüge, eine Lebenslüge. Die Illusion, derer wir bedürfen. Ein starker Wille selbst, der sich einem Laster, einer Labilität entgegenstemmt – ist er etwa ein Verdienst? Haben wir diesen Willen gewollt oder gar geschaffen? Wie man mit Blumen ein Grab, das das Liebste birgt, euphemistisch zudeckt, so verdecken wir die fundamentale Wahrheit unseres Daseins mit Illusionen und beruhigen, vielleicht unbewusst, auf eine zynische Weise unser Gewissen.

Eine Mutter, die Kuchen verkauft hatte, wusch mit kreisenden Handbewegungen den Tisch ab.

Boy Albers wiederholte immer wieder:

In dieser Schule kam ich mir verloren vor. Ich lebte in der ständigen Angst, mich so sehr zu isolieren, dass ich zum Einzelgänger ohne Schutz unter den Kollegen wurde. Die Atmosphäre in dieser Schule war schlimm. Die einen gebärdeten sich kriecherisch, andere mobbten, wo sie nur die Gelegenheit dazu hatten. Nur wer stark war und eine Hausmacht hinter sich wusste, der konnte einigermaßcn sicher sein, nicht getreten zu werden. In einer problematischen Situation entschied immer das politische Kalkül, nicht die Frage, ob etwas gerecht oder ungerecht war. Ich habe auf einen Abschied verzichtet, weil ich nicht heucheln wollte. Und wenn ich am Tage des Abschieds allen die Wahrheit gesagt hätte, so hätte mich das später, ja bis tief in meinen Ruhestand hinein noch lange belastet.

Hinter der Coffee-Bar ‚Mama Mia' gab es einen kleinen Flohmarkt.
Das Mädchen machte ein mürrisches Gesicht.
Wollt ihr etwas kaufen? fragte sie die beiden Jungen.
Ja, wir möchten dieses Buch.
Habt ihr Geld?
Ja klar.
Das Gesicht der Kleinen wurde freundlicher.
Ich bin im Augenblick allein hier. Es kommen einige und nutzen das aus. Sie suchen sich etwas aus, bezahlen nicht und laufen einfach weg. Aber wir brauchen jetzt Geld für unsere Klassenkasse.

Ein Vater, der Herr Dumancic, war Hobbykoch und Gourmet. Er schwärmte fast ausschließlich vom Essen. Steinbeißer im Speckmantel, Herbstsalate mit Nüssen. Oder Rinderfilet mit frischen Steinpilzen.
Einer, der das hörte, sagte: Das macht so viel Arbeit, und so schnell wird's gegesse. Ruck-zuck is weg. Ich war lange Zeit ein „Zieher", wie der Wiener sagt: nachts von Kneipe zu Kneipe bummeln und nicht nach Hause finden können. Ich weiß es heute besser. Ich hatte Angst, nach Hause zu kommen.

Der Hobbykoch murmelte: Im Feigenrock, an Rosinensoße, im Gemüsebett, Wirsingmantel, in einer Melonensoße.

Ein Schüler zu einem anderen: Man hat ein Problem noch nicht, wenn man darüber reden kann.

Einer dachte an das, was er von einem ehemaligen Lehrer zum ersten Mal erfahren hatte: der Mensch sei im Grunde eine lauernde Bestie. Ja, eine Bestie, aber kein Tier. Nein, ein Tier sei der Mensch nicht. Könne denn jeder Mensch unter bestimmten Umständen zur Bestie werden? Eine schwere Frage, war die Antwort. Der Lehrer glaubte, dass in jedem Menschen ein böser Bazillus darauf wartete, virulent werden zu können.

Ein Abiturient: Es gibt so vieles, das mich hindert, zu meinen Eltern zurückzukehren. Ich will nicht mehr auf Kosten meines Vaters leben. Meine Mutter hat die Angewohntheit, meinen Lebenswandel zu kontrollieren. Ich habe es satt, immer gefragt zu werden: Wann gehst du heute? Ißt du noch mit uns zusammen? Am nächsten Tag dann: Du musst mal wieder richtig schlafen. Und so fort, und so fort.

Ein Ziel habe ich eigentlich nicht. Irgendwann werde ich sicher studieren. Nach dem Abi will ich jetzt einmal total frei leben. Ich habe mich immer nach dem Gefühl gesehnt, einmal total frei zu sein.

Wovon willst du leben? fragte einer.

Darüber mache ich mir keine Gedanken. Ich habe schon oft gekellnert oder Nachhilfestunden gegeben. Ich brauch nicht viel. Die Freiheit geht mir über alles.

Stimmen in allen Klassenräumen, auf Fluren, im Musikraum und Lehrerzimmer.

Eine Stimme: Viele werden Opfer ihres Ehrgeizes. Sie erreichen den Posten nicht in ihrem Leben, den sie angestrebt haben und grämen sich. Oder, wenn sie ihn erreicht haben, spüren sie, dass sie ihrer Gesundheit geschadet haben und zahlen also einen hohen Preis.

Eine andere Stimme: Das Leben geht für den einzelnen immer weiter, auch wenn andere neben ihm auf der Strecke bleiben. Der Mensch stürmt nach kurzem Seitenblick weiter, wie es Soldaten tun müssen, die hinter sich Gefallene zurücklassen.

Jemand erzählt: Als er dann doch noch Erfolg hatte, schien er fast enttäuscht. Zu dem Image, das er sich verpasst hatte, das er angenommen hatte, in dem er sich eingerichtet hatte, ja fast schon wohl fühlte, gehörte die Erfolglosigkeit und nicht der Erfolg. Und fast schien es, als sei ihm dieses fortwährende Enttäuschtwerden lieber als die unerwartete positive Erfolgsmeldung. Im Schutze seines angenommenen Image konnte er die Welt zu seinem Feind erklären und sich dabei wohl fühlen. Wenn die Welt es wider Erwarten dann doch einmal mit ihm gut meinte, fühlte er sich schutzlos, weil er nicht mehr mit sich identisch war.

Ein Alter sagte: Im Schutze eines stillen zufriedenen Zusammenlebens mit einer liebevollen Frau in einer Beziehung, die, je länger sie anhält, umso gelungener erscheint, kann ein Mann sich am besten entfalten und zu sich selbst kommen.

Eine Frau: Wenn ich daran denke, wie vielen Menschen das Schicksal ohne ihr eigenes Verschulden die Lebensfreude genommen hat. Menschen, die aufgrund eines einzigen Schlages nie wieder froh werden können.

Der Alte: Wie die jungen Mädchen heute rumlaufen. Gepierct, freier Bauchnabel.

Ja, das brave bürgerliche Mädchen, sagte sein Nachbar, das den einen Mann ersehnt, den es lieben und heiraten darf, das ist vorbei.

Der Ehrliche: Das männliche Verlangen, sich an einer Frau zu befriedigen, sie als Objekt der Begierde zu missbrauchen, um sich dann ohne emotionale Bindung, die ja nur vorgetäuscht wurde, davonzustehlen. Aber ich schämte mich wenigstens.

Der Schwärmer: Die Umwelt stellt sich dem Liebenden verzaubert dar. Es ist, als ginge ein Glanz von ihr auf alle Einzelheiten aus. Dieser Baum ist in ihrer Nähe. Die vergötterte Person kennt alles, was sie umgibt. Die Wirklichkeit erhält einen Glanz aus dem Metaphysischen. Wer mit solchen Augen sieht, erfährt eine neue, andere Wirklichkeit. Ja, so erging es mir einmal als Abiturient. Es war schön. Ich habe das nie wieder erlebt.

Ein Trunkenbold: Ich habe Angst vor der Leere, die entsteht, wenn die Droge Alkohol wegfällt. Immer wieder beschwöre ich mich zu begreifen, wie ernst es um mich bestellt ist. Damals trank ich viel und wurde mit der Zeit zum zitternden Paralytiker. Ein Wrack mit verquollenem Gesicht und roten Triefaugen. Eine schlimme Epoche. Ich dachte daran, mich umzubringen. Einmal war ich so voll, dass ich durch die Straßen torkelnd nur mit Mühe den Bahnhof fand. Wie ein Schlafwandler bestieg ich den Zug, fand noch einen freien Platz, sackte zusammen und schlief sofort ein. Als der Zug in meiner Heimatstadt ankam, wachte ich auf. Kennst du die Stadtautobahn? Auf ihr fuhr ich angetrunken ins Hotel zurück. Ich wollte zurückfahren. Bevor ich das Hotel erreichte, kam Kontrolle. Seit einem halben Jahr bin ich jetzt schon ohne Führerschein.

Ein Psychologe: Eine Lust am Zerstören ist in uns allen. Eine Lust, auch bei Zusammenstößen von Autos zuzuschauen. Bei Autorennen wartet man auf spektakuläre Unfälle, aus sicherer Entfernung, versteht sich. Die Medien machen sich unsere Neugier zunutze. Sie bedienen uns mit grauenhaften Einzelheiten. Gewalt und Sexualität liegen nahe beieinander.

Eine entfernte Stimme sagte: Ich bin Schriftsteller. Ich finde den Deutschunterricht, den Herr Pfaff gibt, antiquiert. Die Schüler sollten selbst wählen, was sie lesen wollen.

Also vielleicht ein Buch von Ihnen?

Ein Autor, der mit Obsession schreibt, kann jede Kritik nur persönlich nehmen. Jede Kritik an seinem Werk ist also zugleich ein Infragestellen seiner Person. So muss er es empfinden. Es gibt für ihn keine sachliche Kritik, da jeder Kritiker von seiner Person, seinen

Vorurteilen ausgehen muss. Er ist nicht legitimiert, etwas in Frage zu stellen. Er darf eigentlich nur respektvoll fragen und muss betonen, dass er im Falle einer Kritik nur subjektiv für seinen persönlichen Geschmack sprechen darf. Es gibt keine objektiven Kriterien.

Auf meine Frage sind Sie gar nicht eingegangen. Ich bin übrigens Komponist. Drogen lehne ich ab. Von diesen will ich mich nicht inspirieren lassen. Wenn ich ehrlich bin, ist mir alles zuwider. Jeder Impuls zu einer schöpferischen Arbeit endet nach kurzer Zeit in einer lähmenden Lethargie. Ich teile mit anderen das Schicksal eines Spätgeborenen. Kennen Sie Adrian Leverkühn? Nein? Sollten Sie. Eine Romanfigur von Thomas Mann. Ein Komponist wie ich. Sie wüssten dann besser, dass ich mich in bester Gesellschaft befinde.

Wir waren einige Male in Hongkong. Mein Mann ist China-Fan. Letztes Jahr bereisten wir Taiwan. Mongolian Barbecue in Taipeh. Herrlich! Hier trägt man selbst zum Herd, was dann ein chinesischer Koch in Sekunden grillt: Stücke vom Huhn, Rind, Lamm, Schwein und herrliches Gemüse. Das Kurzgaren rettet Vitamine und Mineralien.

Robert Wilnius ärgerte sich über die Eitelkeit gestylter Menschen mit leeren Gesichtern, die ihm entgegenkamen und denen er nicht ausweichen konnte.

Also meine Mutter, sie fragte, während sie noch an einem Stück Schollenfilet aß: Wo trinken wir nachher Kaffee? Ich sagte: Denk doch nicht ans Kaffeetrinken, lass uns doch erst einmal das Essen hier genießen.

Ja, das hab ich auch schon erlebt. Es scheint Menschen zu geben, die nur die Vergangenheit in ihrer Erinnerung und die Zukunft in phantasievoller Vorwegnahme genießen können. Sie leben ausschließlich auf die Zukunft hin. Mein Mann ist auch so ein Typ. Der Genuss des Augenblicks ist diesen Menschen verwehrt. Sie leben nur in einer Vorstellung von der Zukunft, die, wenn sie zur Gegenwart geworden ist, schon ihren Reiz wieder verloren hat, weil sie der Vorwegnahme in der Phantasie nicht mehr genügt. Der Traum von der Zukunft aber beginnt von neuem.

Gestern sahen wir einen Film von Buñuel, erzählt jemand. Eine feine Gesellschaft beim festlichen Mahl. Der Vorhang hebt sich – toll gemacht. Wohnung des Gastgebers ist die Bühne. Wie hieß der Film doch noch genau? Ich habe den Titel vergessen. Es wird eine ungezügelte Gier gezeigt, eine unbezähmbare Fresslust. Ah, jetzt fällt mir der Titel wieder ein: Der diskrete Charme der Bourgeoisie. Ein Film aus den 70ern. Die alten Filme sind doch noch die besten.

Es geht um die bürgerliche Gesellschaft in Spanien und ihre doppelte Moral. Alles mit bissigem Humor, ja böse fast, ohne Hoffnung auf einen Wandel der menschlichen Natur. Im Grunde ein beklemmender Film. Verborgene Vorstellungen, Ängste, unterdrückte Lüste, Habgier.

Du, ich erinnere mich dunkel. Buñuel kenne ich natürlich. Ich habe ihn schon früher bewundert. Grenzen zwischen Traum und Wirklichkeit verwischen sich bei ihm.

Aber ich habe den Eindruck, dass er nicht moralisieren will.

Richtig, den Eindruck habe ich auch. Er will die Strukturen der Welt erkennen oder nur ahnen lassen. Aber er klagt nicht an, er will zeigen. Seine Menschen wirken auf mich wie Marionetten.

Seine Figuren sind böse, neidisch, verlogen, genußsüchtig, gewalttätig.

Und masochistisch.

Ja, richtig. Und noch vieles mehr.

Sie bauen eine Fassade der Wohlanständigkeit auf. Zum Beispiel in ‚Belle de jour'.

Ach, den Film kennst du auch?

Ja, ich habe ihn zweimal gesehen. Hinter dem Schein, hinter der Fassade geben sie sich den perversesten Begierden hin.

Buñuel hebt die Widersprüche nicht auf. Sie bleiben so bestehen.

Das ist auch meine Meinung. Aber seine Filme zeigen doch auch, dass er sich nach einer anderen, besseren Welt sehnt, wenn er auch nicht glauben kann, dass sie kommt.

Anders wäre seine Anklage gegen Ungerechtigkeit und Verlogenheit in Institutionen wie Kirche, Familie, Kulturbetrieb gar nicht zu verstehen.

Mein Mann ist zu komisch. Er wählt ein Datum in der Zukunft und möchte an dem festgelegten Tag ein neues Leben beginnen, seinen Lebenswandel ändern.

Aber das wollen doch viele.

Er sagt zum Beispiel: Am 1. Oktober beginne ich ein neues Leben. Ich werde es einem täglichen Ritual unterwerfen. Ein Ritual gibt mir einen Halt.

Ja, aber darüber solltest du dich freuen. Warum ist denn das komisch?

Ich freue mich ja auch. Ich muss mir ein Ritual schaffen, sagt er, wenn ich nicht Gefahr laufen will, dass mein Charakter und damit mein Leben auseinanderfällt.

Aber er hat doch recht.

Ja, aber er hat sich noch nie an seinen Vorsatz gehalten. Wenn der vorgesehene Tag näher rückt, gerät mein lieber Mann in Panik und verschiebt seine guten Vorsätze auf einen neuen späteren Termin. Und so schiebt er die Verwirklichung seines Wunsches, ein neues Leben zu beginnen, Monat für Monat vor sich her.

Das ist sicher komisch. Andere Männer wie der meine planen auch einen Neuanfang, setzen ihn auch in die Tat um. Nur ...

Ihr neues Leben dauert nicht lange.

Genau. Nach kurzer Zeit wird mein Guter rückfällig und der alte Lebensstil beginnt von neuem.

Zwei Ehemalige, jetzt Studenten der Philosophie im 4. Semester unterhalten sich.

Sex ist für mich nur so lange genießbar, wie er verboten ist, für minderwertig gilt, ja tabuisiert bleibt. Für mich eine Voraussetzung, um ihn spannend zu finden. Es ist wie beim Klauen, weißt du. Nur nicht erwischt werden. Schmuddelsex in Hauseingängen, auf der Toilette eines Bahnhofs oder eines renommierten Restaurants.

Mein keusches Empfinden ist bedingt durch frühe Erlebnisse. Für mich gibt es eine Erfüllung in der Liebe nur, wenn eine körperliche Vereinigung nicht stattfindet.

Der andere: Aber das ist doch alles unnatürlich.

Das mag ja sein. Das Mädchen, das ich früher einmal liebte, war für mich unerreichbar. Das Gefühl für sie erlosch aber nicht, also war ich gezwungen, meine große Liebe aus der Perspektive eines keuschen Jünglings zu sehen. Ich sagte mir: Es ist schön, dass du sie nicht berührt hast. Für dich bleibt sie rein wie eine Kultfigur, die man nur anbeten kann. Von dir wird sie nicht in die Niederungen einer körperlichen Liebe herabgezogen.

Unsinn. Wenn sie dir eine Liebesnacht geschenkt hätte, so hättest du die körperliche Vereinigung integrieren können in ein tiefes Gefühl für diese Dame. Und Sex und Liebe integrieren auch in deinem Bewusstsein. Du hast aus der Not eine Tugend gemacht.

Manchmal frage ich mich: Hat das Erlebnis eine a-priori-Sicht, die von Natur in mir angelegt war, gefördert? War diese Natur auf eine ursprüngliche Trennung von Sex und Liebe angelegt? Das Erlebnis mit dieser Frau hätte dann nur die Sicht bestätigt. Oder hat die Anlage in mir die Scheu vor der körperlichen Vereinigung erst hervorgerufen? Spiegelt sich in diesem von mir so stark empfundenen

Dualismus ein in den Menschen an sich schon ewig vorhandener Zwiespalt? Welche Rolle hat die Erziehung gespielt, die Einstellung der Eltern? Sie gaben mir, wenn auch indirekt, immer das Gefühl, dass Sex im Vergleich zur Liebe etwas Schmutziges, zumindest Tierisches, also Minderwertiges sei.

So trage ich seit meiner Kindheit die tief verwurzelte Überzeugung in mir, dass Liebe und Keuschheit eine Einheit bilden, dass die Ausübung von Sex dagegen das seelische Empfinden beschmutzt, eine Versöhnung zwischen beiden Bereichen unmöglich ist. Nach jedem Geschlechtsakt empfand ich Ekel, Enttäuschung, Leere und – ein schlechtes Gewissen.

Ich kann dich nur bedauern. Ich empfinde anders. Es soll Menschen geben, für welche die Liebe vor allem aus Drüsenerlebnissen besteht. Die wissen zum Beispiel nichts von deinem Dualismus.

Seelische und körperliche Liebe waren für mich immer zwei Welten, die nicht zusammengehörten, ja Widersacher waren. Eine innere Ablehnung stand einer starken, oft praktizierten Libido entgegen, konnte aber ein Ausleben des Geschlechtstriebes nicht verhindern. Das zweite Ich, das die körperliche Liebe verneinte, musste sich dem elementaren Ich, das begehrte, geschlagen geben.

Mein Guter, deine Probleme möchte ich haben. Aber vielleicht sind wir gar nicht so weit auseinander. Eine Erfahrung habe ich gemacht: Jede Frau wird für mich nach kurzer Zeit langweilig, wenn sie nur Sexpartnerin ist.

Herr Kählert drehte sich noch einmal kurz zurück, er beugte seinen Oberkörper nach vorn, bis sein Gesicht sich in Augenhöhe der beiden alten Damen befand und machte einen Scherz.

Die Damen lachten, entblößten ihre lückenlosen dritten Zähne. Der Schulleiter schritt schmunzelnd davon. Er wandte noch einmal den Kopf. Wir sehen uns später, rief er ihnen zu.

Die Damen: Herr Kählert ist doch ein zu netter Mensch.

Halbwüchsige Schüler lagen gelangweilt in einer Ecke des Schulhofes. Sie hockten kraftlos im Kreis und ließen die Bierflaschen kreisen. Techno-Rhythmen hämmerten aus Autoradios.

Zwei Schüler wurden von einem Lehrer beim Kiffen in einer Schulhofecke erwischt.

Sind das die Burschen?

Ja.

Dann wollen wir sie uns mal ansehen.

Die Köpfe der Schüler sind gesenkt.

Warum habt ihr?

Es kommt keine Antwort.

Kählerts Stimme wurde schärfer, als er fragte: Wer hat euch das Zeug gegeben?

Wir haben nichts gewusst. Wir wollten das nur in den Müll werfen.

Nein, das wolltet ihr nicht. Ihr solltet nicht lügen. Ihr seid dabei beobachtet worden. Noch einmal: Wer hat euch das gegeben? Kählert wartete. Ihr seid doch ordentliche Kerle und nicht etwa feige.

Einer der beiden, Christian, sagte: Fragen Sie, was Sie wollen, wir dürfen nichts sagen. Das sollten Sie verstehen.

Na gut. Dann sagt ihr eben nichts.

Kählert zog sich zurück. Einen Raum gab es an diesem Tage, in dem er nicht gestört werden konnte.

Ein Schwarzafrikaner schlich nach Beobachtung einiger Kollegen um den Schulhof. Es bestand ein Verdacht auf Rauschgifthandel über einen Ehemaligen, der sich vielleicht für einen Schulverweis rächen wollte. Der Ehemalige war auf dem Schulhof in einer Pause und später im Gespräch mit dem Schwarzen gesehen worden.

Kählert stützte seinen Kopf auf die verschränkten Hände.

Verlust der Autorität bei den Kollegen und verstärktes Aufkommen der Aggressivität. Er seufzte: Welche Schule will schon in den

Ruf gelangen, ein Ort des Drogenkonsums zu sein. Wollten wir nicht ein positives Image bewahren? Andernfalls würden uns die Eltern ihre Kinder nicht mehr anvertrauen. Kein Tag verging, ohne dass geprügelt wurde. Gewaltbereitschaft muss und kann ständig zivilisiert werden. Nur dann kommt Gemeinschaft zustande. Das war sein Credo. Sein Vertrauen in die Kraft der Vernunft war nicht zu erschüttern.

Er hatte die Schüler mit Hobbes' „Leviathan" vertraut gemacht. Menschen fallen übereinander her, wenn sie sich nicht mehr durch überlieferte Normen zum Gehorsam verpflichtet fühlen.

Schließlich lag die Schule ja auch in einem Wohngebiet mit hohem Ausländeranteil. Unser Schulfest wird wieder einmal zum Volksfest. Aufdringliche Trunkenbolde, die von der Straße kommen, konnten nur mit größter Mühe abgewehrt werden.

Kählert genoss Ansehen. Aber in seinen Stolz mischte sich auch immer wieder ein Gefühl von Zorn. Er dachte an zwei ehemalige Schüler. Zerstochene Venen. Sie spritzten sich Gift, wollen und können später sicher keine Arbeit übernehmen. Ein bloßes Dahinvegetieren ist ihre Zukunft. Es gab eine Generation desillusionierter, bitterer junger Leute. Sie waren nicht einmal zornig, nur frustriert, lustlos, ziellos.

Wolfgang Kählert war wütend. Was die alle von ihm erwarteten!

Er lauschte auf die fernen Geräusche im Hause.

Seine Rede war wieder einmal mit Schlagworten durchsetzt, hatte jemand gesagt. Ihm schien, als hätten sich alle gegen ihn verschworen.

Wie oft schon hatten Kollegen Schüler beim Kiffen überrascht. Und vor kurzem hatte man Junkie-Spritzen in der Toilette gefunden.

Viele Kollegen hatten es aufgegeben, sich zu wehren. Sie hatten sich resigniert zurückgezogen.

Jede Schule hat einen Ruf. Und war seine Schule nicht angesehen wegen ihrer musischen Aktivitäten! Chor, Orchester und Theatergruppe waren in der Stadt bekannt für ihre hervorragenden Leistungen.

Aber leider war jede Schule heute gezwungen, ein offensives Marketingkonzept zu entwickeln. Er hasste im Grunde diese Entwicklung. Was sollte er tun? Musste er nicht mit den Wölfen heulen? Vom Neinsagen konnte man nicht bestehen.

Wilnius las im Kleinen Musiksaal: Gehaltvolle Gespräche gelingen mir nur mit wenigen Menschen.

Auf die alte Frage „Was würden Sie einem jungen Schriftsteller raten?" gibt es nur eine Antwort: Wer so fragt, sollte sofort den Wunsch aufgeben, Schriftsteller zu werden. Sein Gesetz in sich selber finden, und das heißt: das eigene Wesen verwirklichen.

Wilnius las aus seinen Aufzeichnungen vor drei älteren Damen.

Er hatte sich ganz auf sich selbst zurückgezogen. Immer noch stachelte ihn ein stiller Ehrgeiz an zu beweisen, dass er seinen alten Kollegen überlegen sei. Er hatte eine bescheidene Wohnung gemietet, und die kleine Pension, die er bekam, ermöglichte ihm, ein anspruchsloses Leben als freier Schriftsteller zu fristen.

Zu den drei älteren Damen gesellten sich Frau Kahlenburg und Frau Lange. Herr Kählert schaute für kurze Zeit zusammen mit Hans Urweider vorbei. Selbst Dietrich Lambacher hielt es für seine Pflicht, Interesse zu bekunden. Wilnius' Zuhörerschaft bestand dann zeitweilig aus acht Personen.

Wilnius las:

Das Meer hat für mich etwas Bedrohliches, ja Unheimliches, Unbarmherziges, etwas Zerstörerisches gegenüber dem Festland. Es macht mir Angst, es lässt mich schaudern. Vom sicheren Rand des Wohnens, von meiner Geborgenheit und Sicherheit das Meer zu beobachten, dieses Element, das fast immer in Bewegung, im Wandel ist, und doch hat das Betrachten etwas Befreiendes. Ich weiß nicht, worin das Gefühl begründet ist. Vielleicht darin, dass es neben dem Festen, auf dem wir unser Leben ordnen, noch ein anderes gibt. Dieses Gewaltige, welches unser Gefühl von Enge und Gewohnheit aufhebt.

Gibt es eine Art inneren Zwang, sich zu verschließen? Ich erkenne eine Gefahr, weil Lust im Spiel ist. Ich muss dem entgegenwirken. Kann ich das? Das Schicksal eines Einzelgängers, der glaubt, auf andere nicht angewiesen zu sein. Er sollte seinen Hochmut erkennen. Ein Hochmut, der in eine selbst geschaffene Hölle führt.

Es geht mir nicht um das Beobachten als solches. Es geht mir um den Rückzug aus dieser Welt.

Oft sehe ich an einem Baumstamm empor in das Geäst und frage mich, ob es mich nicht aufnehmen könnte und mir so die Gelegenheit böte, mich vor der Welt verstecken zu können.

Ich möchte verborgen im Wipfel eines Baumes hocken, mich dort geborgen fühlen, von anderen Menschen und ihrem Treiben unbemerkt.

Ein Mann wie Wilnius, sagte Urweider zu Kählert, findet sich in dieser durchtechnisierten Welt nicht mehr zurecht, scheint sein inneres Gleichgewicht verloren zu haben. Er sieht um sich herum nur noch eine verfremdete und ihrer selbst entfremdete Welt.

Er würde schon in eine Gemeinschaft von Mönchen passen, meinte Kählert.

Vielleicht. Wir beide zum Beispiel passen uns doch neuen Umständen an, haben aber nicht das Gefühl, uns dabei zu verlieren. Robert Wilnius wollte sich immer treu bleiben, glaubte, sein Ich an diese Welt nicht verraten zu dürfen. Es war ihm nicht möglich, sich mit dem Zeitgeist zu versöhnen. Das Kollegium erstarrte damals, ich erinnere mich gut, als bekannt wurde, dass er vermisst wurde.

Wovon lebt er denn? wollte Kählert wissen.

Er gibt einige Nachhilfestunden und kann seine dürftigen wirtschaftlichen Verhältnisse dadurch etwas aufbessern. Zweimal in der Woche kommt eine jüngere Schwester seiner verstorbenen Mutter und kümmert sich um das, was er so braucht.

Urweider erzählt später, Wilnius sei ein Mann, der sich soweit isoliere, dass er selbst an seinem Geburtstag nicht zum Telefon gehe, um keine Glückwünsche entgegennehmen zu müssen.

Kählert allein. Er hatte heute mit vielen Menschen gesprochen. Sie blieben ihm trotzdem fremd. Interessierte sich nicht jeder nur für sich selbst und nicht für die Nöte der anderen?

Substanzverlust des Gymnasiums durch modische Anpassung an den Zeitgeist, hatte ihm ein Vater vorgeworfen. Schule müsse mit der Zeit gehen, war seine einzige Antwort gewesen.

Er hatte vorhin betrunkene Schüler gesehen, die durch die Räume schwankten.

Dieser Joachim Hell war gefährlich. Er war vor einem Jahr wegen versuchter Vergewaltigung von der Schule verwiesen worden. Wo mochte er sich heute herumtreiben? Ein Streuner und Eckensteher war dieser junge Mann geworden, der ziellos durch das Stadtviertel lief.

Kählert stöhnte. Er wollte vermeiden, unter den Eltern eine aggressive Stimmung zu erzeugen.

Er verließ mit geschmeidigen Bewegungen sein Refugium und mischte sich wieder unter die Menge der Festteilnehmer.

Die Schule gab mir ein Stück Welterfahrung, sagte Wilnius. Es war für mich kein Ort der Gemeinschaft. Ich fühlte mich immer als Fremdkörper.

In jeder Gruppe fühlt er sich einsam, ergänzte Urweider.

Mein Ekel ist bedingt durch die Welt der konsumfreudigen satten Menschen, die ein geistiges Hungergefühl verloren haben. Ich bin umgeben von Menschen, die bald den Konsum-Erstickungstod erleiden, weil sie ihre seelische Verfettung nicht mehr wahrnehmen.

Urweider: Für dich, Robert, hätte es eigentlich nur eine Lösung gegeben: die Weltflucht als buddhistischer Mönch. Aber als gottloser Egozentriker, der sich in sich selbst zurückzieht und selbst die Gemeinschaft Gleichgesinnter scheut ...

Frau Kahlenburg sagte: Sie beschäftigen sich fast ausschließlich mit sich selbst. Das sollten Sie nicht tun.

Das muss ich doch. Die Disharmonie meines Wesens ist eine Last. Sie zwingt mich in eine Egozentrik hinein. Wer es innerlich schwerer hat als andere Menschen, fuhr Wilnius fort, der sucht nach Möglichkeiten, dem eigenen inneren Tummelplatz zu entfliehen, indem er im Rausch sich zu betäuben versucht. Ich bin übrigens Alkoholiker. Es ist ein ständiges Bedürfnis in mir, die innere Spannung zu betäuben. Der echte Künstler hat etwas Dämonisches, sagte Wilnius. Er ist ein Getriebener. Er kann seiner Obsession auszuweichen versuchen, aber irgendwann holt ihn die Berufung wieder ein. Dauerhaft wird er nicht vor sich davonlaufen können. Er kann nicht sagen: Wenn ich mal Lust habe, dann male, dichte oder komponiere ich. Ich kann es auch lassen. Der echte Künstler ist im Gegensatz zum Hobbykünstler nicht frei. Er könnte sich der Kunst natürlich verweigern, aber um den Preis einer später in Erscheinung tretenden tiefen Unzufriedenheit, eines Gefühls, sich versäumt, sich verfehlt zu haben. Künstler sind natürlich individuell sehr verschieden. Was alle verbindet, ist meiner Meinung nach das Leidenmüssen an sich und der Welt. Heute kann man unter einem lebensbejahenden Aspekt die Sensibilität eines Menschen nicht mehr vorbehaltlos bejahen. Unter den heutigen Lebensbedingungen sollte man Sensibilität nicht kultivieren.

Ein ehemaliger Lehrer erzählt: Zuerst überkam mich eine Beschwingtheit, ja Verwegenheit und Abenteuerlust. Ich rannte durch die dunklen Straßen, kam alkoholisiert schnell voran, überwand ohne Mühe fast springend Entfernungen, die mir im nüchternen Zustand endlos vorgekommen wären. Wenn aber das Gefühl von Alleinsein in mir mächtig wurde, dann ließ ich mich von einer Kneipe in ihren Bann ziehen.

Ich kam am Tresen ohne Hemmungen mit anderen, fast immer angetrunkenen Menschen ins Gespräch, ließ mich von dieser trüben Geselligkeit wärmen, fühlte mich wohl.

Mein diffuses Ziel war die Gelegenheit, sich erotisch betätigen zu können. Ich pendelte zwischen den Tanzschuppen hin und her, mogelte mich durch eine Hintertür in das Gewühl der tanzenden und schwitzenden Leiber. Die einzige Angst: von Schülern gesehen zu werden.

Und wann bist du dem Joachim Hell begegnet? wollte einer wissen.

Hör zu, an diesem Abend waren nur wenige Leute im Lokal. Der Kellner lief mir entgegen. Er kannte mich und wusste von dem Schüler. Kommen Sie herein, rief er mir entgegen.

Ist er noch nicht da?

Er kommt meistens gegen elf.

Der Schüler Hell tauchte erst kurz vor Mitternacht auf. Ich hatte schon mein drittes Glas Bier getrunken. Joachim war sehr schlank, blasse Gesichtsfarbe und kurz geschorenes Haar. Er ging mit schnellen Schritten auf die Bar zu, stützte sich auf den Ellbogen. Ich hatte ihn nie unterrichtet, aber ich konnte annehmen, dass er mich kannte. Ich spürte, dass mein Herz schlug. Joachim Hell war damals noch Schüler, ich meine, noch nicht aus unserer Schule verwiesen worden.

Einige wenige Paare tanzten. Joachim stützte den Kopf auf die Hände und starrte in sein Glas. Er rührte sich nicht, schien in eine Meditation versunken. Mit einer automatischen Bewegung hob er von Zeit zu Zeit sein Glas. Dann verlor ich ihn für kurze Zeit aus den Augen. Meine Augen suchten und ich fand ihn auf der kleinen Tanzfläche hinter der Bar.

Jetzt sah ich, wie er schwankend auf ein tanzendes Paar zuging. Er bewegte sich torkelnd, und das ließ mich vermuten, dass er schon viel getrunken hatte. Es schien, als wollte er die Frau von dem Mann trennen, um mit ihr zu tanzen.

Als der Mann, ein kräftiger Bursche, Hell zur Seite stieß, packte er ihn zugleich am Hemd und rief so laut, dass es alle im Raum hören konnten: Hau ab! Sie will nichts mit dir zu tun haben! Kapierst du das endlich?

Unser Schüler fuhr zusammen, blickte sich nach allen Seiten um. Dann schwankte er mit zerknirschter Miene auf ein Mädchen zu, das an einem Tisch allein saß und forderte sie auf. Er hüpfte mit ihr durch die Reihen der tanzenden Paare, schnitt dabei Grimassen. Er schien stark angetrunken zu sein, denn er stieß wiederholt mit Paaren zusammen, die in seine Reichweite kamen. Die Paare, mit denen er zusammenstieß, wichen zur Seite, lächelten, zuckten die Schultern.

Die Schilderung des ehemaligen Lehrers wurde von Urweider, der hinzukam, unterbrochen.

Also, rief er, ihr kennt doch auch noch den Robert Wilnius. Was der mir eben erzählt hat, zu komisch. Ein starker Sog ergriff ihn, sagte er mir, jedes Mal, wenn er sich heimlich danach sehnte, mit Obdachlosen nachts unter einer Brücke zu liegen. Er lächelt natürlich über sich selbst, wenn er sagt: Meine neue Adresse: Pont Neuf.

Was meint ihr? Ich habe ihm gesagt, ich fände es ein wenig geschmacklos, wenn man an die wirklichen Obdachlosen denkt. Was antwortet er mir? Hans, du hast nichts begriffen. Obdachlosenasyl ist doch nur eine Metapher.

Wilnius zog sich in einen leeren Klassenraum zurück und schrieb:

Ich wohnte damals im Barock-Hotel in Bamberg, im Haus Zum

Esel, ging am Ebracher Hof vorbei zur Oberen Pfarre, überquerte den Unteren Bach. In der Judengasse blieb ich vor dem „Haus zum Krebs" stehen, ein Haus, in dem der Philosoph Hegel 1807 gewohnt hatte. Vor der Concordia sah ich eine Alte, welche Enten und Schwäne fütterte.

Für einen Augenblick lauschte Wilnius dem fernen Gelächter, das laut kreischend oder beherrscht verhalten aus verschiedenen Räumen zu ihm drang.

Am Alten Rathaus sah ich einen Straßenmusikanten, notierte er, der sich Wurzel-Sepp nannte. Er hatte lustige Augen und spielte Akkordeon. Sein Hut hing ihm schief nach vorn ins Gesicht. Aus den schmalen Lippen seines kleinen Mundes krächzte eine Stimme: Aus Böhmen kommt die Musik. Neben dem Teller, in den Passanten Geldmünzen warfen, stand ein kleiner Gartenzwerg.

Joachim Hell zu Christian:
  Der Dicke da, wer ist das?
  Mein Stiefvater.
  Na also. Bitte ihn um 50 Euro, sonst kann ich dir nichts geben.
  Das kann ich nicht.
  Warum nicht?
  Er kann mich nicht leiden.
  Wieso?
  Er glaubt, dass ich ihn schon einmal bestohlen habe.
  Und? Hast du?
  Ja, ich brauchte dringend den Stoff.

Holger, kannst du mir Geld leihen?
  Geld?
  Nur ein wenig.
  Aber ich habe kein Geld.
  Max guckte frech. Kein Geld?

Ich kann dir nicht helfen.

Max griff nach Holgers Hand.

Hör zu, ich gebe dir das Geld morgen zurück.

Holger wich zurück. Max' Gesicht bekam aggressive Züge.

Du bist doch nur geizig, schrie er. Ich brauche das Geld, sonst geht es mir schlecht, verdammt schlecht.

Er griff in seine Tasche. Schau mal, was ich hier habe.

Ein Springmesser kam zum Vorschein.

Wieviel willst du denn?

Alles was du hast, das ist doch klar.

Zwei Schüler in einer Ecke des Schulhofes:

Mein Vater wird mir kein Geld geben.

Dann deine ältere Schwester.

Die doch erst recht nicht. Sie weiß doch wofür.

Dann kann ich dir auch nicht helfen.

Und du hast es gewusst?

Ja, hab ich, schon lange.

Sandra starrte ihn an.

Und du hast nichts gesagt?

Wozu?

Wir hätten doch noch was tun können. Wir alle in der Klasse.

Was denn?

Ich weiß nicht, aber ...

Wir hätten gar nichts tun können.

Vielleicht doch.

Wilnius las.

Sie gingen durch die vom Mond beschienene Trümmerwelt. Der Vater summte vor sich hin: Draußen in Sievering blüht schon der Flieder. Robert Stolz war sein Liebling. Der Vater war frivol. Er wollte heute nicht an Auschwitz denken, an das, wozu die Bestie

Mensch fähig war. Er hatte davon im Radio gehört. Ein schreckliches Erwachen. Schamgefühl. Weit schlimmer als das Entsetzen, welches ihn nach dem sogenannten Röhm-Putsch und nach der Pogrom-Nacht 1937 erfasst hatte.

Einige Schüler kamen hinzu. Die ersten zwei Reihen waren fast besetzt. Wilnius jubelte. Jetzt war doch der Tag gekommen, der ihn für alles entschädigte.

Meinem Dasein als Schriftsteller stehe ich immer skeptisch gegenüber, antwortete er einer Zuhörerin. Aber ich musste schreiben, auch wenn ich es nicht wollte.

Sie gehen immer gebeugt, so als drückte Sie die Last Ihrer Gedanken nieder.

Der nächste Krieg kommt bestimmt, sagte ein Vater. Keine atomare, eine biologische Kriegführung. Killerviren züchten, Erreger freisetzen, um die Menschen zu infizieren.

In den Wohlstandsjahrzehnten entstand das Konsumkind, sagte ein Pensionär: verwöhnt, anspruchsvoll, gelangweilt, undankbar.

An seinem Geburtstag musste der Lehrer jetzt selber Kuchen backen. Er bediente die Kids. Früher war es umgekehrt. Die Kinder brachten zum Geburtstag ihres Klassenlehrers Blumen und Gebäck mit. Auf Klassenfesten musste der Lehrer sich bemühen, dem anspruchsvollen Gaumen seiner Schüler gerecht zu werden.

Ein angetrunkener Vater ereiferte sich, wurde laut.

Diese Welt, durchsetzt mit banalen Statussymbolen und einem aufgemotzten leeren Kulturbetrieb ... soll das alles sein? Ja, so fragen wir uns doch alle. Ich höre euch wenigstens so fragen. Taumeln die Menschen über einem Abgrund, den sie nicht sehen wollen?

Ich hörte jemanden sagen: Warum noch das Selbst, das Individuum kultivieren? Warum sich noch sensibilisieren? Und das in einer chaotischen Welt. Ist es nicht fast zynisch, sich angesichts der Weltprobleme, die uns immer bedrohlicher bedrängen, um seine eigene Befindlichkeit zu kümmern, sie ernst zu nehmen? Wäre nicht die richtige Konsequenz: Tu so, als sei alles banal, unabänderlich. Ignoricrc die Probleme, verschließe deine Augen vor dem Elend und sei einfach fröhlich. Oder ist es nicht doch besser, sich dem Suff zu ergeben, wenn man mit dem Dilemma nicht fertig wird?

Ihr merkt: mein Gerede ist ironisch gemeint. Ich weiß: das Leben geht immer weiter. Was euch jetzt beschäftigt, darüber lachen spätere Generationen. Außerdem lohnt es nicht, sich aufzuregen. Es ist zum Beispiel purer Zufall, dass ich hier sitze, dass ich überhaupt lebe und rede. Hört mir mal genau zu: Erst nach zehn Jahren Ehe sollte ich zur Welt kommen. Ich sollte überhaupt nicht geboren werden. Wäre ich, wie mein Vetter, früher geboren, dann wäre ich vor Stalingrad gefallen. Ein schreckliches, weil sinnloses Sterben.

Immer wenn ich Alkohol trinke, wird der latente Hass in mir auf die Menschen und das Leben insgesamt virulent. Vielleicht ist es nur ein auf Objekte projizierter Selbsthass. Der Alkohol schürt die depressiven Verstimmungen. Wenn die mich quälen, wird ein gesteigerter Konsum notwendig, um die Qual zu ersticken. Die Flamme der Qual wird nur kurzfristig gebändigt, lodert später aber umso stärker hervor. Wie soll ich aus diesem Teufelskreis herauskommen?

Du bist krank, ja, sehr krank, entgegnete jemand. Nach deiner Pensionierung bist du in ein Loch gefallen. Der Verlust deiner lieben Frau hat dich einsam gemacht. Du verlorst den Halt, den jeder Mensch braucht, will er nicht zugrunde gehen. Du solltest dich schnell einer Therapie unterziehen. Entgifte dich. Nach der physischen Abhängigkeit brauchst du einen guten Therapeuten, der dir hilft, aus der psychischen Bedrohung langfristig herauszukommen.

Schrecklich, was du sagst. Und wozu das Ganze? Nach der Prozedur habe ich vielleicht noch ein Jahr zu leben. Dann leiste ich mir doch lieber meine Alkoholkrankheit.

Ein Pensionär, leicht angetrunken, redete vor sich hin. Keiner schien ihm zuzuhören.

Meine sinnliche Leidenschaft war in jungen Jahren oft so stark, dass sie mir kaum beherrschbar schien und ich in meiner ungestümen Art nicht warten konnte, bis das Mädchen seelisch so weit vorbereitet war, dass es auch wollte. Einige Bekanntschaften, die entwicklungsfähig gewesen wären, habe ich durch meine Aufdringlichkeit vorzeitig kaputt gemacht. Es musste wohl so kommen. Ich kann es nicht bedauern. Ich war derjenige, der litt. Nach dem Verlust einer Beziehung, die noch gar nicht gereift war, wurde die Neigung auf meiner Seite seltsamerweise immer stärker. In dem Augenblick, da sie sich von mir abwandte, war ich der Schwächere, obwohl ich mich zu Beginn einer Bekanntschaft für überlegen gehalten hatte.

Jetzt wurde ich mit der Tatsache nicht fertig, dass ich eine Abfuhr erhalten hatte. Ich litt vor allem unter gekränkter Eitelkeit.

Trotz verzweifelter Bemühungen war manchmal nichts zu retten. Du bist noch zu jung für mich, sagte mal eine. Achtzehn? Ach, dann verzeih ich dir alles. Ich brauche einen Freund, der älter ist und warten kann, mir durch seine Geduld zeigt, dass er mich auch wirklich lieb hat.

Ich entschuldigte mich, bereute mein Verhalten, demütigte mich vor ihr, bettelte, wollte verlorenes Land zurückgewinnen – es nutzte nichts. Sie blieb hart. Kein Bedauern von meiner Seite konnte reparieren, was einmal kaputt war.

Nun war ich erst richtig verliebt. Wenigstens empfand ich mehr für das Mädchen als zu Beginn unserer Beziehung. Ich litt stärker, heftiger als es eine nur gekränkte Eitelkeit hervorgerufen hätte. Eine bittere Erfahrung, sage ich euch, die ich wiederholt machen musste.

Die Lehrerbibliothek hatte man zum einzigen Raucherzimmer umfunktioniert. Hier drängten sich einige Kollegen auf engem Raum zusammen.

Nun hört mir mal zu, sagte jemand. Mit Worten bedauern viele die Nachteile anderer. In ihrem Herzen freuen sie sich darüber. Das ist meine Erfahrung.

Jeder strebt nach irgendeinem Erfolg auf den verschiedensten Gebieten. Man fühlt sich nur erfolgreich, wenn sich das Erreichte von dem des Nachbarn abhebt. Mit diesem vergleicht man sich heimlich.

Ist der andere durch widrige Umstände benachteiligt, so hebt das automatisch den Wert des eigenen Erfolgs. Mein gelungener Urlaub wird nur in meinem Bewusstsein noch gelungener, schöner erscheinen, wenn ein anderer Pech gehabt hat. Andererseits tritt auch sofort Missgunst ein, wenn ich der Benachteiligte bin und der andere mehr Glück gehabt hat.

Ich bin so unglücklich, ja fast verzweifelt, sagte ein Vater. Sagt mir doch mal, ob ich mich falsch verhalten habe? Also um es kurz zu machen: meine Tochter Katrin ist drogenabhängig. Ich habe Gewissheit. Gestern hatten wir eine Aussprache.

Aber ich, schrie ich gestern, habe dir etwas zu sagen: dass du Drogen nimmst, ich weiß es.

Katrin sah mich an ohne etwas zu erwidern.

Ich schüttelte sie und sagte: du lässt dich zu dem Zeug verführen und wehrst dich nicht. Warum?

Sie erhob sich. „Ich gehe jetzt".

Eine Beklemmung überfiel mich.

Aber wohin denn?

Ich ziehe bei meiner Freundin ein. Sie ging auf die Tür zu. Ich lief hinter ihr her, versuchte sie zurückzuholen. Vergeblich.

Pensionäre unter sich.

Mein Leben ist geprägt von Resignation. Es scheint eine notwendige Folge meines Wesens zu sein, das in seiner überschäumenden Phantasie Luftschlösser baut, in denen man nicht wohnen kann. Ein Zeichen meiner Resignation ist der Verzicht auf Kinder, weil ich keine Frau fand, die meinen Vorstellungen entsprach. Auch der Verzicht auf eine Schulkarriere, weil die Wirklichkeit des schulischen Alltags nicht so ausfiel, wie ich sie mir als Referendar erträumt hatte.

Sein Nachbar erwiderte: Wenn du dich nicht selbst so gründlich analysieren könntest, würde ich von einem, entschuldige, intellektuellen Mangel auf deiner Seite sprechen. Aber das wäre in deinem Fall wohl zu vordergründig. Du scheinst mir ein Psychopath zu sein, ein psychisch gestörter Mensch. Aber mit der Resignation als Folge einer zu hoch gespannten Lebenserwartung, die sich also nie an der Realität orientierte, kann man eigentlich doch ganz gut leben. Der Rückzug führt nämlich in eine Nische, in der man sich jetzt vor der bösen Realität, die einen so enttäuscht hat, geborgen fühlt.

Du willst dich über mich lustig machen.

Durchaus nicht. Aber ehrlich, wie verhält es sich mit deiner unseligen Neigung, ein Bild von sich zu entwerfen, sich die Zukunft phantasievoll auszumalen und sich selbst darin mit einem Lorbeerkranz auf dem Haupt oder einem Orden auf der Brust zu sehen? Mal ehrlich, muss dieser Hochmut nicht bestraft werden? Du siehst dich in der Rolle des Erfolgreichen. Aber schon die Frage, wann man denn erfolgreich ist, ist schwer zu beantworten.

Mein Lieber, wir träumen doch alle, fuhr sein Nachbar fort. Aber wer von uns erreicht schon das, was er sich in seiner pubertären Phantasie vorgestellt hat? Ich habe die Resignation angenommen, bejaht als etwas Notwendiges. Zu resignieren und doch zufrieden zu sein, ist ein Reifegrad, ein Zustand, bei dem man nichts Großes mehr erwartet.

Auch mir blieben viele Enttäuschungen nicht erspart. Aber gerade zu einer Zeit, da ich mich im stillen damit abgefunden hatte, kam irgendeine unerwartete angenehme Überraschung. Ich empfand Dankbarkeit.

Sein Vorredner antwortete: Ja ja, der Weg von der Illusion zur Resignation verläuft ja nie geradlinig. Das weiß ich auch. Diese Erfahrung habe ich wenigstens gemacht. Die Illusion ist wichtig, um im Leben überhaupt motiviert zu sein. Auf jede Resignation oder sagen wir schlicht Enttäuschung folgt eine neue Illusion, weil sie einfach zum Leben dazugehört.

Aber du musst begreifen: Je größer die Illusion, umso härter der Fall in die Resignation. Ich meine: wer pragmatisch, realitätsbezogen zu denken versucht, der erspart sich unliebsame Überraschungen.

Ja ja, das ist schon richtig, meinte der andere. Aber zum Leben gehört doch, dass man eine Vision hat – von sich und dem moralischen Fortschritt der Menschen insgesamt. Die Illusion von einem besseren Leben ist doch eine Art Lebenselixier. Sie entwickelt doch eine motorische Kraft.

Das ist sicher wahr, aber wer seine Lebensziele an den Möglichkeiten der Realität ausrichtet – und dazu müsste er zunächst einmal sich selbst illusionslos richtig einschätzen –, der hat im Laufe seines Lebens größere Chancen, erfolgreich und zufrieden zu sein.

Einer von den anderen Alten kam hinzu. Er ging auf das Thema der beiden anderen nicht ein.

Ich weiß heute, dass ich als junger Lehrer nie ich selbst war, sagte er. Ich lief einem Bild vom Lehrer hinterher, der ich sein wollte. Ich spielte eine Lehrerrolle. Diese Rolle versah ich zeitweilig mit persönlichen Zügen. Aber auch diese waren den Erwartungen angepasst, die ich und andere an sie stellten.

Ein Image wollte ich mir schaffen: so sollte ich von meiner Umgebung gesehen werden. Dahinter verbarg sich eine Unsicherheit, vielleicht auch Angst. Ohne ein bestimmtes Image keine Reputation zu haben, lag wohl meinem Verhalten zugrunde. Dieses Rollenspiel war für mich ein fester Halt. Als junger Mensch bewunderte ich meinen Anleiter, einen älteren Herrn. Und so fragte ich mich oft: Wie würde jetzt dieser verehrte Mann entscheiden, den du doch heimlich zu imitieren versuchst? Ich schlüpfte also in die Rolle meines geliebten Vorbildes. Wie würde er sich verhalten, wenn er in deiner Situation wäre? An mein imaginäres Vorbild klammerte ich mich in meinen Gedanken. Das wurde mir sehr schnell bewusst. Und wer sich mit meinem Bewusstsein von dieser einen bestimmten Rolle nicht anfreunden konnte, weil er ihr widersprach, der wurde mein Feind.

Soll ich dir die Wahrheit sagen? mischte sich ein Freund ein.

Ich bin gespannt.

Hinter deinem perfekten Rollenspiel verbirgt sich Angst. Das hast du richtig erkannt. Aber Angst vor einem Preisgeben deines eigentlichen Ich mit all seinen Schwächen und Fehlern. Sag mal, hast du nicht einmal von durchzechten Nächten erzählt? Von der Jagd nach Weibern bis zum Morgengrauen? Du deutetest schon an, dass bei deinem Verhalten Unsicherheit im Spiel war. Es war mehr. Hinter deiner Maske wolltest du den Wüstling verbergen. Einen Wüstling, den weder die Schüler noch die Eltern erkennen sollten. Hätte dich jemand bei deinen nächtlichen Eskapaden überrascht, hätte sich das sofort herumgesprochen und hinter der Maske des Biedermannes, der den Schülern ein Vorbild sein sollte, wäre eine ganz andere, schlimme Person sichtbar geworden. Nicht eine integre Person, sondern der Mann, der ein Doppelleben führte. Nur deswegen hieltest du so stur an diesem vorfabrizierten Image fest. Immer musste der Schein gewahrt bleiben, vor Schülern, Eltern und Kollegen. Andernfalls hättest du dich schämen müssen oder hättest die Qualen der Peinlichkeit ertragen müssen. Ich denke jetzt auch an den Kollegen, der eine Schülerin liebte, sich heimlich mit ihr traf und mit ihr ein Kind zeugte. Die Älteren unter uns werden sich noch erinnern. Keiner ahnte etwas, zumindest nicht, dass der Kollege, also der Lehrer des Mädchens, zugleich der Vater war. Alle waren wir damals zu spießig, um das zu tolerieren. Das Liebesverhältnis kam erst ans Tageslicht, als der betörte Kollege seiner Schülerin-Geliebten die Abiturnote frisierte.

Ja ja, ich erinnere mich. Es war ein Skandalon. Der junge Kollege tat mir leid, aber er war auch sehr unvorsichtig gewesen. Übrigens hatte ich schon immer das Verlangen, mich hinter einer Maske zu verstecken.

Unter anonymen Menschen, die ich in Bars kennenlernte, Männern wie Frauen, verbarg ich mich hinter falschem Namen und falscher Berufsangabe. Mir war immer, als müsste ich ein wahres Ich hinter den vielen Rollen, die ich spielte, schützen.

Zu Beginn einer Beziehung mit einem Mädchen, das ich dann bald darauf sehr ernst nehmen sollte, gab ich mich als junger Assistenzarzt aus. Nach dem zweiten Treffen hätte ich meinen wahren Namen und Beruf nennen sollen. Ich tat es aber nicht, aus Furcht, sie durch meine Ehrlichkeit nun gerade verlieren zu können. Ich hatte mir also selbst eine Falle gestellt. Wir blieben ein halbes Jahr zusammen und es gelang mir während der ganzen Zeit, meine Rolle durchzuhalten. Aus Not wurde ich also immer perfekter, da es mit zunehmender Bekanntschaft immer schwerer wurde, sich zu offenbaren und ich zum Gefangenen meiner selbst geworden war. Als sie schließlich durch einen Zufall davon erfuhr, verließ sie mich noch an demselben Tag. Kein Reuebekenntnis meinerseits konnte sie erweichen.

Yvonne stand abseits. Dieser Jan, er wusste immer alles besser als jeder andere. Aber er hatte ihr bei Mathe geholfen. Ein netter Kerl war er schon.

Ein Französischlehrer: Pantagruel bei Rabelais fragt jeden Menschen nach seiner Meinung. Er erfährt, dass die Meinungen der Menschen sich gegenseitig aufheben. Jetzt will er nur noch auf sich selbst hören.

Ein Vater erzählt. Sie sagte zu mir, Papa, ich geh ab. Ich sagte kein Wort.

Mir stinkt die Schule, die meisten Pauker. Ich zieh übrigens zu Helmut. Aber das erzähl ich dir später.

Ich fragte: Helmut? Du meinst deinen Freund? Ja, wen denn sonst. Aber der ist doch verheiratet. Er hat mir versprochen, sich scheiden zu lassen.

Was macht ihr in eurer Freizeit?

Mein Mann ist ein Hobbykoch. Wir treffen uns in einem Lokal, stellen eine Art Kochgilde dar.

Also jeder darf einmal?

Richtig. Viele Männer haben das Hobby meines Mannes. In unserem Verein befinden sich Chefärzte, Zahnärzte und viele Lehrer. Wir haben ein tolles Projekt, das wir anstreben. Wir sparen alle zusammen und wollen uns eine alte Finca auf Mallorca kaufen. Dann sind wir nicht mehr auf ein In-Lokal angewiesen, das wir mieten müssen. Wir haben dann unser eigenes Reich.

Ich kenne keine Zivilcourage, sagte ein Vater. Mir fehlt das Vertrauen in unsere demokratischen Institutionen. Mir fehlt der Mut, mich für einen anderen Menschen, der bedroht wird, einzusetzen. Ich kann keinem helfen, wenn ich befürchten muss, das zweite Opfer zu werden. Wer schützt mich heute noch? Wir leben in einem Dschungel ohne Orientierung. Das ist das Problem. Es gibt kein verbindliches Wertesystem mehr. Wer keinen ethischen Impuls kennt, setzt sich doch nur für den eigenen Spaß ein. Woher soll der Impuls auch kommen, wenn man an nichts mehr glauben kann.

Jemand erzählt: In meinem Elternhaus hatte das Weihnachtsfest jeden religiösen Hintergrund verloren. Es war, wie sicher bei vielen Menschen, ein säkularisiertes Stimmungsfest, das man auch hätte anders benennen können, obwohl wir andächtig den Klängen lauschten: Es ist ein Ros entsprungen.

Bei der Vorbereitung des Karpfens sagte die Mutter: Ich habe noch zu wenig Weihnachtslieder gehört. Aber der graue Alltag war wenigstens aufgehoben, und der Vater steckte sich eine Zigarre nach der anderen an. Am ersten Weihnachtstag war ihm immer übel.

Es war schön, der geschmückte Baum duftete nach Tanne, von dem Licht der Kerzen fiel ein matter Schein auf die vielen Geschenke, die ausgebreitet zu seinen Füßen lagen. Wir Kinder hatten am nächsten Tag Bauchschmerzen und der Vater sein Delirium von dem vielen Zigarrenrauchen. Der Wein floss in Strömen.

Überall Gerede. Wolfgang Kählert schien es, als habe sich der ganze Stadtteil in seiner Schule versammelt.

Wer einen Menschen liebt, hörte er jemanden sagen, der quält sich nicht mit der Frage nach dem Sinn des Lebens. Die Fähigkeit zu lieben schenkt ihm eine Gewissheit, die jedes weitere Fragen überflüssig macht. Wer nicht lieben kann, wird auch nicht glauben können. Er bleibt rastlos auf der Suche.

Eine Frau: Mein Vater hatte ein so sanftes Wesen und war so gutwillig, dass selbst eine männerskeptische und überall macho-argwöhnende Emanze ihn noch akzeptiert hätte.

Er machte ganz den Eindruck eines Mannes, der froh war, von Frauen geduldet zu werden. Ein Antimacho, an dessen Einstellung gegenüber Frauen es nichts zu beanstanden gab.

Stimmen im Lehrerzimmer.

Eine junge Mutter fragte: Wisst ihr eigentlich, dass wir einen Flugzeugabsturz überlebt haben? Also da bin ich, glaube ich, ohnmächtig geworden. Als ich wieder zu mir kam, da war mir klar, dass ich nicht mehr diejenige war, die ich mal gewesen war.

Auch ich bin seit meiner Kindheit traumatisiert, sagte ein älterer Herr. Bombennächte mit 10 Jahren, mit 11 Jahren unter Trümmern für zwei Tage verschüttet, und ich war zugegen, als meine Mutter von einem Nazifanatiker erschossen werden sollte. Seitdem bin ich konfliktunfähig und leide unter Schlafstörungen.

Ein Schüler erzählte: Ich war in Großbritannien, war Gast in einer Internatsschule. Es gibt dort eine Verpflichtung gegenüber denen, die alle die gleiche Uniform tragen. Die Gruppe nimmt mich in die Pflicht. Ein Gefühl, das ich vorher nicht kannte.

Mit dem Tragen einer Uniform bekenne ich mich wie von selbst zu dieser Gruppe, die ich nach außen vertrete. Ich bin ehrlich. Was ich nie für möglich hielt: Ich empfand Stolz, dazuzugehören. Das Zusammengehörigkeitsgefühl wurde gestärkt. Prügeleien auf Schulhöfen wegen Klamotten, davon habe ich in England nichts gehört. Vor allem: Es kommt kein Neid auf, wenn alle die gleiche Schuluniform tragen.

In der letzten Nacht hatte Wolfgang Kählert lange wach gelegen. Eine Tochter schrie im Schlaf. Der Stimme nach musste es Janine sein. Ich will nie erwachsen werden, hatte sie einmal gesagt. Er erinnerte sich an ihre Worte. Warum sagte sie das?

Karin wollte keine Kinder mehr, er würde also nie einen Sohn haben.

Sein Herz hatte unruhig geschlagen. Ein Schulfest war immer anstrengend gewesen. Würden seine Worte bei den Eltern ankommen?

Nein, Sie irren sich, Wilnius ist nicht nur ein düsterer Poet, sagte Urweider.

Zwei Frauen lachten im Duett und entblößten dabei Münder mit großen Zahnlücken.

Ich arbeite da schon lange als Kellnerin, sagte die eine. Feine Leute waren da gestern. Nett, bescheiden. Waren glaube ich Ärzte dabei. Andere, die nichts sind, weißt du, spielen immer den dicken Maxe.

Ein betrunkener Vater mit unsicheren Schritten bahnte sich den Weg durch die Menge. Er streckte die Arme nach anderen aus, als wollte er sich bei ihnen festhalten.

Wir kommen aus dem kleinen Park gegenüber. O, es blüht und duftet schon. Eine warme, von ersten Vorfrühlingsblüten erfüllte Luft. Eine Oase der Ruhe. Wir mussten mal raus, weg von dem Krach hier.

Wilnius zeigte seinem Freund Urweider ein Schreiben: Ein Manuskript, das uns ausgezeichnet gefällt. Der Autor schreibt fesselnd und mit psychologischem Feingefühl. Er gestaltet komplexe Zusammenhänge. Er entwirft ein lebendiges Bild der Personen und deren Umgebung. Wir hätten uns gefreut, gerade Ihr Buch in unser Programm aufnehmen zu können. Aber leider haben wir für dieses Jahr einen Aufnahmestopp.

Leute, die aus dem Park zurückkommen. Eine warme Märzsonne und ein kräftiger bissiger Wind. Sie ringen miteinander um die Herrschaft, sagte jemand. Wenn die Sonne sich nicht durchsetzt, kommt aber ein starkes Kältegefühl auf.

Vom Leben enttäuschte Frauen. Enttäuschung hat sich in ihre Gesichter gegraben. Sie schenken Kaffee aus.

Während du zurückblickst, läuft deine Gegenwart weiter, sagte einer, und geht dir verloren.

Urweider hat uns vorhin unterbrochen. Ich erzähle euch meine Geschichte zu Ende. Ihr wisst, dass meine Frau mich verlassen hat und zu einem anderen Mann gezogen ist. Ich litt darunter wahnsinnig. Ich litt so sehr, dass ich abends in der leeren Wohnung es nicht mehr aushalten konnte. Ich war kaum noch in der Lage, morgens konzentriert zu unterrichten.

Das Schweigen hielt ich nicht aus. Aus keinem Raum eine Stimme. Stille kann schrecklich sein. Wozu noch leben? Diese Frage kam immer wieder. Die Welt schrie um mich herum und lachte. Aber was mich betraf, herrschte Schweigen. Denn keiner schrie nach mir, kein Mensch, um mich mit seinem Ruf zu erreichen. Die Welt war voller Lärm, aber um mich herum, um deine Person ist alles still. Mir war, als sähen alle Menschen an mir vorbei, würden mich nicht wahrnehmen. Ach, es war eine schlimme Zeit. Also Kollegen, es geht jetzt weiter mit diesem Joachim Hell.

Ich jagte in meiner Einsamkeit durch die Nächte, einem Phantom nach: getrieben von der Sehnsucht nach erotischen Abenteuern. Am Ende immer die frustrierte Rückkehr. Erschöpft kehrte ich in meine leere Wohnung zurück. Jetzt zu diesem Joachim Hell.

Als also der Tanz zu Ende war, kehrte er, nachdem er seine Tänzerin zum Tisch geleitet hatte, zur Bar zurück und bestellte laut einen Whisky. Der Barkeeper schüttelte den Kopf. Ich sah, dass sie sich beide stritten. Schließlich ließ sich der Mann erweichen und goss dem Schüler ein Glas ein.

Joachim Hell hob das Glas an den Mund, stellte es aber sofort wieder auf den Tresen zurück, breitete die Arme aus und rief: Ihr seid doch alle widerliche kleine Scheißer.

Ich, sein Lehrer, beobachtete ihn. Beim dritten oder vierten Glas dreht er durch, flüsterte die Kellnerin mir zu. Joachim Hell schien sehr verliebt zu sein. Zu sehr leider, in die Marion, sagte die Kellnerin. Aber Marion hat einen festen Freund. Sie nennen ihn alle hier Rex, der sehr böse wird, wenn man seine Frau für sich allein haben will. Seine Spezialität ist es, anderen blaue Augen zu verpassen. Er ist nämlich ziemlich eifersüchtig. Und für den jungen Mann dort hatte die Marion Gefühle gezeigt.

Wenn du mit mir kommen willst, dann komm einfach hinter mir her, flüsterte die Kellnerin mir zu. Aber ich wollte nicht.

Ein Mädchen kam an meinen Tisch, sprach mich an, bat, sich zu mir setzen zu dürfen. Ich lehnte ab. Überall schrille Stimmen von Paaren, die miteinander stritten. Der junge Mann taucht hier jeden Abend auf, sagte die Kellnerin. Er trinkt, um schnell betrunken zu sein. Er kommt, um zu provozieren. Er randaliert. Ich setzte mich an einen anderen Tisch in eine Ecke. Ich kenne das prickelnde Gefühl, eine fremde Frau zu umarmen und ihr Worte zärtlich zuzuflüstern.

Der Kellner eilte herbei, versuchte, Joachim zu überreden, sich zu mäßigen, erntete jedoch nur Flüche von Seiten des Randalierenden.

Die Leute im Raum taten so, als wäre der junge Mann überhaupt nicht vorhanden.

Er wiederholte seine Worte mit noch lauterer Stimme und fuchtelte mit den Armen.

Also, ich liebte die Nacht an sich, die Dunkelheit, Wärme und Geborgenheit, das Vergessenkönnen für Stunden, die Lust, die Sehnsucht, eine Frau eng im Arm zu halten. Zu schön wäre es, wenn die Nacht nicht zu Ende ginge und die blasse Nüchternheit, dieses grelle Tageslicht, welches so schmerzlich einem bewusst machte, wie allein man war ... Wieder unter die geschäftigen Menschen, die an einem vorbeirannten. Hier gab es überall verschwommene Gestalten. Ich liebte das dichte Gedränge auf engem Raum in der

Nacht. Tische mit Gläsern und Flaschen übersät, Rauch brannte in den Augen.

Plötzlich verlor Joachim Hell das Gleichgewicht, stürzte kopfüber vom Hocker, das Glas zersplitterte am Boden. Er lag auf dem Rücken, die Augen geschlossen inmitten eines Haufens von Scherben. Jetzt bin ich an der Reihe, dachte ich, ich muss was tun. Und: nur die Ruhe bewahren. Mit mir eilten einige Gäste herbei, auch der Kellner kam zu Hilfe. Wir fassten den jungen Mann an den Armen und stellten ihn wieder auf die Beine. Zusammen mit dem Kellner schob ich ihm die Arme unter die Achseln und wir mussten ihn aus dem Lokal hinausschleifen. Die Leute klatschten Beifall. Er begann wie ein Kind zu schluchzen. Doch dann schrie er plötzlich: Lasst mich los! Aber er blieb dabei ruhig, unternahm keinen Versuch, sich zu befreien.

Der Kellner bestellte eine Taxe. Im Freien versuchte Joachim Hell, wieder fest auf seinen Beinen zu stehen, aber er war zu betrunken, um das Gleichgewicht schnell wieder zu finden. Er stützte sich mit beiden Händen an einer Wand. Ich legte ihm die Hand auf die Schulter. Der Taxifahrer weigerte sich, den jungen Mann zu befördern. Ich bat ihn, einen Notarzt anzufordern.

Stimmengewirr unterbrach die Schilderung. Man bejaht heute die flüchtige Lust, die mit Liebe nichts gemein hat, sagte jemand. Sex ist doch etwas Materielles, das in unsere Zeit passt. Die Glas-Wasser-Theorie. Ja, mir ist heiß, ich trinke, bis der Durst gelöscht ist. Dann stelle ich das Glas beiseite. Es entspricht dem Zeitgeist. Wieso? Es ist einfach hinderlich, tiefere Gefühle zu investieren. Gefühle sind hinderlich? Ja, beim Aufstieg in höhere Positionen.

Der Lärm der Musik aus dem Keller drang nur gedämpft zu ihnen empor.

Wolfgang Kählert schien mit allen zu sprechen, bevor er sich wieder einen Weg durch die Menge der Eltern und Schüler bahnte.

Er konnte für sich in Anspruch nehmen, von allen Lehrern dieses Kollegiums der beliebteste zu sein.

Abseits in einem Klassenraum.
Wie können Sie so etwas sagen. Ich möchte, dass Sie jetzt sofort gehen.
Er schüttelte den Kopf.
Doch, rief sie heftig, gehen Sie, bitte sofort.
Beschämt erhob er sich.

Ein alter Mann stand abseits. Ihn schien das Alleinsein böse gemacht zu haben: düstere Augen, verkniffener Mund, grimmiger, misstrauischer Blick. Er hatte keinen Kontakt mit anderen. Seine Frau liegt im Krankenhaus, hörte man jemanden flüstern. Und er hat sich mit seinem Sohn überworfen, sagte eine Mutter.

Man lästerte über Robert Wilnius. Ein reiches Innenleben hat ihn schon vor 40 Jahren immer gekennzeichnet, sagte ein Mitschüler. Ja, weißt du, er hat ein unsichtbares Kainszeichen.
Der Einsame, dem keiner etwas tut, keiner schlägt ihn tot, aber keiner liebt ihn wirklich.
Ein Glücksgefühl brach kichernd aus einem 14jährigen heraus. Sein erster Kuß, und den von Tanja, die er so mochte. Von ihrem freundlichen Gesicht ging seit Jahren ein Charme aus. Der Junge schwebte durch die Räume.

Robert Wilnius hielt sich oft abseits in einer Ecke auf. Eine unsichtbare Wand trennte ihn von den anderen.
Mit geschwellter Brust geht er sicher hoch erhobenen Hauptes durch die Straßen, sagte sein ehemaliger Klassenkamerad Uwe Petersen: Ihr werdet noch sehen, was in mir steckt, ihr werdet euch noch wundern.

Ihn faszinieren die dunklen Bereiche unserer Existenz, meinte Freund Urweider. Du bist ungerecht, Uwe. Mir sagte er einmal: Ich habe keine Ansprüche. Wenigstens habe ich sie auf ein Minimum reduziert. Und er ist alles andere als hochmütig.

Robert Wilnius, der die Worte gehört hatte, lächelte. Übrigens, ich kannte einen Menschen, der unter dem Drang litt, sich selbst quälen zu müssen.

Der Masochismus kann ein derartiges Ausmaß annehmen, behauptete Wilnius, dass man mit der eigenen Mutter selbst noch kurz vor ihrem Tode einen Streit beginnt, um sich selbst weh zu tun, indem man ihr weh tut. Es ist, als wollte man die Hölle eines großen Schuldgefühls durchleiden. Man „genießt" die Vorstellung von der Unmöglichkeit einer Aussicht auf eine später noch versöhnende Aussprache und den Gedanken, der eigenen Mutter noch Unfrieden mit ins Grab, in die Ewigkeit gegeben zu haben.

Das ist ja grässlich. So etwas gibt es?

Ja, es ist, als suchte man bewusst das grausam bitter-süße Gefühl, verdammt zu sein. Für dieses ersehnte Gefühl bezahlt man mit Rastlosigkeit, Schwermut, vielleicht auch mit Selbstmord. Aber sehen Sie: Ein die Verdammnis Suchender war schon von Anbeginn verdammt – durch sein genetisches Schicksal.

Man kann aber doch als Mensch seine Fehler bekämpfen.

Ja, aber nicht immer mit Erfolg. Es gibt eine Hoffnung in der Not, der auch natürlich viel Selbstmitleid beigemischt ist.

Sie, die Mutter, hat mir verziehen, weil sie weiß, dass ich so sein musste, diesem teuflischen Sog ausgeliefert war. Ich hatte keine Freiheit der Wahl.

Eine Gestalt trat aus dem Dunkel, versperrte ihr den Weg, packte sie am Handgelenk.

Sie schrie auf, wollte ihn mit dem freien Arm wegstoßen.

Hör auf zu schreien, rief er. Ich möchte doch nur noch einen Kuss von dir.

Sie versuchte davonzulaufen, aber er holte sie ein, hielt sie fest. Zorn ergriff ihn. Er ließ ihren Arm los und packte sie jetzt mit seinen beiden Armen. Dann presste er seine Hände um ihren Hals, um die Schreie, die immer lauter wurden, zu ersticken. Als sie ihren Kopf loszureißen versuchte, schlug er ihr wütend ins Gesicht. Sie schrie weiter.

Angst überfiel ihn. Er riss sie in ein Gebüsch und ließ sich mit ihr zu Boden fallen. Hier fühlte er sich sicher. Niemand konnte ihn sehen und ihre Schreie hören. Er musste ihre Schreie zum Schweigen bringen. Er schlug ihr ins Gesicht, bis sie schwieg. Er wollte es eigentlich nicht, aber die Angst vor dem Aufsehen, das die schrillen Töne, die ihr Mund ausstieß, bei Passanten bewirken könnten, riss ihn zu einer Gegenwehr, die er nicht wollte.

Er packte einen Ast, der neben ihnen beiden lag und drohte, ihr mit dieser Waffe ins Gesicht zu schlagen, wenn sie nicht aufhören würde zu schreien.

Schrecklich. Wie sollte er sich aus der Situation befreien. Ein einziger Schlag mit dem Ast würde sie zum Schweigen bringen. Für immer. Ein Mörder wäre er im nächsten Augenblick. Ein Mörder für immer. Sein Bild würde in der Zeitung erscheinen. Ein Leben lang von allen verachtet, hinter Mauern vergraben.

Ich liebe dich, verstehst du nicht. Warum hast du Angst? Ich will dich doch nur ein wenig berühren, streicheln, nicht mehr. Nur dich fühlen, mehr nicht. Er war benommen von seinen eigenen verlogenen Worten.

Sie lag jetzt ruhig da, kein Schrei mehr aus ihrem Munde, den Kopf in den feuchten Blättern. Ihr Atem keuchte. Die Erde unter ihnen roch nach verwelktem Laub.

Es kam ihm vor, als ob die Bäume des kleinen Parks, ja die Büsche sich bewegten. Wie sollte er nach seinem Verbrechen entkommen, in das er hineingeraten war? So wie sie da still unter ihm lag, glich sie einem jungen Mädchen, ja einem Kind, das ermordet und nach langem Suchen von der Polizei im Unterholz gefunden worden war. Er hatte schon so viele Mädchenleichen im Fernsehen erblickt.

Er nestelte am Reißverschluss ihrer Jeanshose, mit der anderen riss er ihr Trikot hoch, schob den BH beiseite, beleckte und küsste ihren kleinen, aber festen Busen.

Sie hörten Schritte von der Straße. Die Schritte näheren sich dem Gebüsch, neben dem sie beide im Dunkeln lagen.

Sie stieß einen lauten Schrei aus, riss sich mit einem Ruck aus seiner Umklammerung. Er war zu verblüfft, um Widerstand zu leisten. Sie erreichte die Straße und rannte davon.

Joachim Hell erhob sich langsam, wankte auf den Gehweg. Plötzlich wurde ihm bewusst, was er getan hatte. Eine schreckliche Angst überfiel ihn. Sie würde ihn sicher verraten, ihn anzeigen. War er ein Verbrecher? Er fühlte sich entsetzlich allein und elend.

Im ersten Augenblick verhielt er sich wie jemand, der von der Polizei gesucht wird. Er huschte am Rande der Anlage dahin, blieb alle Augenblicke stehen und sah sich nach allen Seiten verstohlen um.

Bis zu der Wohnung seiner Oma war es nicht mehr weit. In fünf Minuten würde er da sein. Ob das Mädchen ihn verraten würde? Gegen wen sollte sich seine Wut richten? Sein Bedürfnis nach Bosheit wurde immer größer.

Plötzlich erschrak er. Eine Szene baute sich vor ihm auf.

Hau ab und komm nie wieder! hörte er einen Mann in unmittelbarer Nähe vor sich sagen.

Er sah, wie der Mann drohend auf eine Frau zuging. Die Frau wich zurück, dann senkte sie den Kopf und weinte. Kurz darauf fiel sie zu Boden.

Jetzt kamen Männer von der anderen Straßenseite herübergelaufen.

Neugierig schob sich Joachim Hell voran und sah mit den anderen zusammen auf die zuckende Gestalt.

Zwei Polizisten erschienen. Die Männer, welche die Frau umringten, ließen die Beamten durch. Einer fragte: Ist was passiert? Wenige Minuten später erschien ein Krankenwagen und Helfer trugen die Frau fort.

Der Mann, der die Frau beschimpft hatte, stand abseits.

Ein Polizist fragte: Haben Sie sie geschlagen?

Der Mann schüttelte den Kopf. Nein, sagte er, aber beinahe.

Der Polizist: Schlagen Sie sie nicht!

Der Mann sagte: Sie ist verrückt. Sie trinkt und quält mich. Ich wollte, sie würde endlich aus meinem Leben verschwinden.

Pensionäre unter sich.

Die Zeit wird zum Fluch, sag ich dir, wenn man keine Aufgabe mehr hat. Die leere Zeit, die man nicht mehr ausfüllen kann. Sie erinnert an das Ende.

Ja, recht hast du. Die Folge ist, dass wir uns ständig auf die Flucht begeben müssen, um unsere Endlichkeit betäuben zu können. In irgend etwas müssen wir uns hineinflüchten.

Ja, der Mensch wird depressiv, wenn er die ihm geschenkte Zeit – er hört das Ticken – nicht ausfüllen kann.

Ein Vater: Ach, die Gläubigkeit eines 20jährigen an die Tragfähigkeit des Lebens. Herrlich. Das Leben liegt vor ihm. In diesem Alter ist man fast immer verliebt. Das muss nicht immer angenehm sein, dieser Zustand kann weh tun, aber nur für eine Zeitlang. Die Vitalität schäumt, das Leben birgt Geheimnisse.

Natürlich hat man Probleme. Sie sind noch meistens theoretischer, nicht existenzieller Natur. Aber man diskutiert leidenschaftlich, wenn die Seele nicht schon verroht ist, was auch heute bei Jugendlichen vorkommen kann.

Eltern unter sich. Eine Mutter: Menschen, die eine große Distanz zu ihren Eltern haben, werden selten glücklich. Wie viele spätere Ängste, Feindseligkeiten, ja Kälte und Traurigkeit haben ihren Ursprung in der Kluft zwischen Eltern und Kindern. Eine andere: Viele Eltern biedern sich heute ihren Kindern an, um sie nicht zu verlieren.

Vater und Sohn.

Vater: Du gefällst dir, wenn du dir einredest, dass du unter sozialer Ungerechtigkeit in der Welt leidest. In Wirklichkeit suchst du nur ein Alibi für dein schlechtes Abschneiden im Abitur. Nur Jammern und Stöhnen bringt doch nichts. Wer wirklich leidet, der kokettiert nicht, der packt an, versucht, mit seinen Mitteln, mögen sie auch noch so begrenzt sein, etwas zu bewegen.

Der Sohn: Das ist doch alles Unsinn. Nicht alle können schließlich mit 1,0 Abitur machen. Du sagst immer zu mir: Du gefällst dir, du gefällst dir ... Und: Du willst nur dein Gewissen beruhigen. Mich quält dieses Nebeneinander in der Welt wirklich, lässt mir keine Ruhe. Ich habe kein schlechtes Gewissen, das ich beruhigen muss. Aber ich bin traurig, dass die Welt so ist wie sie ist, dass ich ohnmächtig bin, etwas zu ändern.

Du redest dir doch nur ein, dass es dich quält. Vielleicht willst du es wirklich, aber du fühlst dich bei dem Gedanken, dass du leidest, dass du leiden willst, ganz wohl. Ich bleibe bei meiner Meinung. Für mich ist es ein Widerspruch, an dem Nebeneinander von arm und reich, von hungrig und satt leiden zu wollen und dabei ganz passiv zu bleiben. Du kannst mir erst beweisen, dass du wirklich leidest, wenn du aktiv wirst, tätige Hilfe leistest, dich für eine gute Sache engagierst. Willst du die Wahrheit hören? Du leidest nicht an der Welt, du leidest an dir selbst.

Gespräche. Einmal beschimpfte mich ein Vater am Telefon, erzählte ein Lehrer. Er konnte sich nicht mäßigen. Ich fühlte mich hilflos.

Ich sagte: Wenn Sie derartige unsachliche Behauptungen aufstellen, muss ich auflegen. Der Mann ließ sich nicht beruhigen und ich brach das Gespräch ab.

Man fühlt sich hilflos, wenn man wegen einer vermeintlich ungerechten Note am Telefon beschimpft wird. Mir fehlen die Nerven, welche die anderen Kollegen besitzen.

Es gibt Schüler, die anrufen und anonym bleiben. Mit verstellter Stimme greifen sie an, sind zu feige, ihren Namen zu nennen und sachlich statt emotional zu reagieren.

Wenn das Telefon schrillt, zucke ich schon zusammen. Ich ziehe die persönliche Begegnung, das Gespräch unter vier Augen vor. Dafür bin ich auch gern bereit, meine private Zeit zu opfern.

Oft habe ich Eltern zu mir nach Hause gebeten. Ich war immer skeptisch gegenüber dem Telefon, wenn es um den persönlichen Kontakt mit Menschen, in unserem Fall mit Eltern geht. Ein echtes Gespräch zwischen zwei Personen kam damals so wenig zustande wie heute beim Handy. Ich denke natürlich an Menschen, mit denen man zum ersten Mal spricht.

Wenn das Gespräch beendet war, begann ich zu grübeln, fuhr der Lehrer fort. Mein Gegenüber ist verschwunden. Habe ich meine Worte richtig gewählt? Wie haben sie den anderen erreicht, losgelöst von jedem persönlichen Eindruck, von Mimik und Gestik? Beim direkten Gespräch kann man sein Gegenüber überzeugen, durch einen sympathischen Eindruck den anderen für sich gewinnen. Das Telefon wirkt wie eine Wand, die nicht zu durchbrechen ist. Das schafft Distanz. Ich kenne Leute, die auf ein Heimtelefon ganz verzichten. Ihr mobiles Taschentelefon wird, wenn sie zu Hause angekommen sind, abgestellt. Auf diese Weise ziehen sie sich wie hinter die Mauern einer schützenden Burg zurück.

Ein Kollege: Das mag ja alles sein, aber Sie vergessen die Einsamen, die warten, immer nur warten und denen jeder Anruf willkommen ist. Jeder Anruf stellt einen Kontakt nach draußen dar, zu lebendigen Menschen. Ein Gespräch, das diesen Alten, denen nur das Fernsehen geblieben ist, das bittere Gefühl des Alleinseins nimmt. Ich spreche aus Erfahrung. Meine 90jährige Mutter rückt jeden Abend schon eine Stunde vor meinem zu erwartenden Anruf den Sessel vor ihr Telefon und wartet sehnsüchtig auf meinen versprochenen täglichen Anruf, der für sie zum Mittelpunkt des Tages geworden ist.

Sie haben Recht, das bewundere ich ja auch. Ich denke, das ist wohl das, was man eine soziale Geste nennt. Übrigens, meine Frau ist eine leidenschaftliche Telefoniererin. Sie telefoniert mit ihrer Mutter nicht nur gern, sondern auch lange.

Zwei Lehrerinnen.

Die Kahlenburg: Die kleine Frau Mödling, sie huscht immer an den Wänden entlang, mit unzufriedenem Gesicht. Warum? Warum heute an unserem Fest? Sie giert nach Komplimenten. Man weiß das und lässt sie ihr auch zukommen. Ihre mürrischen Züge hellen sich dann ein wenig auf.

Die Kollegin Lange: Unsere Mödling, ja ja, sie litt unter chronischen Schlafstörungen. Sie war untröstlich, wenn Herr Kählert ihr Leiden meinte kurieren zu können, indem er ihr den Rat gab, abends vor dem Schlafengehen zwei bis drei Schnäpse zu sich zu nehmen. Sie war ein Nervenbündel, ist es auch heute noch. Ich glaube, sie sehnt sich nach einem Mann.

Eine junge Türkin: Wir zogen von Anatolien nach Istanbul, um Arbeit zu finden. Aber ich vermisste meine Heimat. Ich musste immer wieder einmal zurück. Jetzt hat mein Mann hier Arbeit in Deutschland gefunden. Meine Kinder gehen hier zur Schule.

Eine Mutter: Sie sprachen von Anatolien. Wir haben eine Rundfahrt mit dem Auto durch Anatolien gemacht. Es war zu schön. Eine Ziegenherde vor uns. An der Spitze lief ein Dromedar, bepackt mit

Teppichen und Hausrat. Eine Frau in typischer Tracht: geblümte Pumphosen, weißes Kopftuch. Das Dromedar wurde an einem Lederriemen geführt, und hoch zu Ross ritt das Familienoberhaupt. Sie zogen als Nomaden durchs Land. Frauen schleppten Reisigbündel ins Dorf. Und die vielen Olivenhaine. Allerdings eine karge Landschaft. Jeder Meter muss bewirtschaftet werden. Aber die Kinder winkten uns fröhlich zu, überall.

Frau Kahlenburg: Meine Selbstsicherheit ist nur gespielt. Meine Überempfindlichkeit konnte ich hinter meinem selbstsicheren Auftreten verbergen. Ich habe immer geblufft. Mimikry. So entkam ich der Angriffslust der Boshaften, die sich Schwachstellen der Lehrer, natürlich besonders der Lehrerinnen aussuchen, um ihren Frust abzureagieren. Von dieser Sorte gibt es nicht wenige unter den Schülern. Einmal bedrohte mich ein Schüler mit einem Messer. Na ja, wie im wirklichen Leben.

Kählert war wütend. Wie frech ihm einige Schüler geantwortet hatten. Wir wissen ja, hatte einer gesagt, Sie lassen nur Ihren eigenen Standpunkt gelten. Er war verärgert. Das Fest war bisher kein Erfolg gewesen. Er und seine Kollegen hatten kaum Komplimente erhalten, obwohl sie alle so engagiert bei den Vorbereitungen gewesen waren. Und dann die betrunkenen Schüler, einige zwar nur. In Zukunft würde er kein Fest mehr ausrichten wollen, nur noch dieses eine, zum 100. Geburtstag. Und einige hatte man mit Drogen erwischt. Wenn das bis zu den Eltern durchdringen würde. Sicher war dieser Joachim Hell ein Dealer. Ihm war alles zuzutrauen. Nur er kam dafür in Frage.

Für einen Augenblick zog eine schreckliche Vision an seinem Auge vorbei. Junkies lagen auf dem Schulhof auf Pappe in Schlafsäcken. Sie kauerten in allen Ecken: ein Mix aus Gewalt, Drogen und Alkohol.

Und ich sage Ihnen, Herr Kählert, hier liegen die wahren Gründe einer Bildungsmisere, welche die Pisa-Studien aufgedeckt haben. Ich war auch mal Insider. Der Fahrstuhl der Bildung fuhr anstatt nach oben nach unten, weil sich zu viele auf engstem Raum drängeln. Wie heute zum Beispiel.

Sie verstehen mich nicht, hatte jemand zu Kählert gesagt, und war wortlos weitergegangen.

Auf Elternabenden. Er wiederholte für sich: Sie haben eine Fülle von Fragen an mich gerichtet. Ich greife eine heraus. Ich stimme Ihnen zu, wenn Sie betonen, dass ...

Wolfgang Kählert senkte den Kopf. Er war dieser Floskeln müde. Wie oft hatte er sich mit diplomatischem Geschick der eigenen Überzeugung zu entziehen versucht und mit falscher Zunge geantwortet.

Die Hemmnisschwelle von Jugendlichen, Gewalt anzuwenden, sank immer weiter. Und die mutwilligen Sachbeschädigungen. Die verbalen Ausfälle gegen Kollegen und Kolleginnen. Noch war es eine Minderheit. Wie oft lag er nachts wach und marterte sich mit der Frage, wie man am nächsten Tag einen Konflikt lösen konnte.

War es nicht besser zu zaudern und abzuwarten als zu schnell eine klare Position zu beziehen? Sein Instinkt riet ihm, sich so zu verhalten.

Nein, Eltern und Lehrer waren schon lange keine Autoritätspersonen mehr.

Er mied den Umgang mit einigen Kollegen, die ihm die Arbeit erschwerten.

Aus Angst vor Elitenbildung fördert man die schwachen Schüler. Er hatte erleben müssen, dass die begabten Kinder sich unterfordert fühlten und in Privatschulen abwanderten.

Er wusste es nur zu gut: er wollte vor den Eltern den Anschein wecken, als lebte er mit sich im reinen.

Er dachte an seine eigene Tochter.

Eine künstliche Welt, in die unsere Kinder eintauchen. Natürlich interessierte sich Susanne nicht für Computerspiele, in denen es um das Erschießen von Feinden und um Autorennen ging. Aber seit einiger Zeit konnte man Liebesspiele konsumieren. Von der Eroberung eines Partners bis zum Koitus in einem virtuellen Bett. Er konnte mit ihr über alles sprechen. Er freute sich über das Vertrauensverhältnis, das er zu ihr hatte.

Bei früheren Lebenssimulationen ging es um das Kochen und um das Suchen eines Jobs. Auch Kählert hatte feststellen müssen, dass seine Susanne jetzt mehrere Stunden vor dem Computer verbrachte. Was ihm die größte Sorge bereitete, war die Tatsache, dass ihre Lernmotivation rapide zurückging.

Was kam noch auf die Kinder zu? Wohin führte der Weg?

Wie lange musste er sich noch auf dieser Gratwanderung bewegen? Zwischen der Anspannung an den modernen Zeitgeist und seiner persönlichen Überzeugung, was pädagogisch sinnvoll ist?

Aber was konnte er schon ausrichten gegen eine Bildungspolitik, die Gleichheit erzwingen wollte, ein nivelliertes Mittelmaß anstrebte?

Immer häufiger musste er feststellen, dass die Schüler heute in der Schule unterhalten werden wollten.

Er spürte ein Brausen in seinem Kopf.

Wie oft hatte er sich von Kollegen anhören müssen, dass leistungsschwache Schüler Stoff und Lerntempo bestimmen.

Die Räume hallten wider vom Stimmengewirr.

Ich habe mich noch nie nach einem Amt gedrängt, sagte einer.

Ich wollte eigentlich nicht kommen und bei meiner Frau bleiben, erzählte jemand. Ihr Bruder hat nämlich gestern einen Autounfall gehabt, ist heute Nacht im Krankenhaus verstorben. Es ist schlimm. Man kann nicht mehr ethisch leiden. Es lohnt sich nicht mehr. Das Leiden hat in unserer Welt seinen Sinn verloren. Heute trifft es den und morgen einen anderen. Alles Zufall. Derjenige, den es gerade getroffen hat, der fällt heraus aus der Menge der Konsumenten.

Chantal hat den schönsten Hintern in der Schule, sagte Christian im Vorbeigehen. Man möchte ihn dauernd streicheln. Chantal Müller guckte empört. Na ja, ergänzte Christian, e i n e n schönen Körperteil muss man wenigstens haben.

Später Nachmittag. Die meisten in Aufbruchstimmung.

Er habe in unmittelbarer Nachbarschaft zu unserer Schule ein Lokal aufsuchen wollen, erzählte ein Abiturient, aber die Tür sei verschlossen gewesen. Er habe erfahren, eine polizeiliche Haussuchung habe vor Wochen stattgefunden und zur Schließung dieses Lokals geführt. Unzählige Pakete von Heroin und Kokain seien sichergestellt worden.

Morgens noch im Unterricht, lieber Kollege, abends schon mit Freunden bei Bratwurst und Kraut und schönstem Wein im berühmten Bürgerspital von Würzburg. Das ist mein Geschmack. Auf diese Weise bekommt der Tag etwas Pfeffer.

Kählert hatte noch einmal mit Christian sprechen wollen.
   Christian, du bist doch ein intelligenter begabter Schüler und in der Klasse anerkannt. Du hast nur unnötige Angst, dich zu isolieren. Diese Angst lässt dich einen Pakt schließen mit anderen. Es ist schade.
   Verschwinde jetzt, heute ist unser Festtag. Ich möchte dich nicht mehr sehen, morgen reden wir weiter.

In einer Klasse hing vor einer Woche ein Plakat. Auf diesem konnte man lesen: Rote Karte für die Lehrer Weißenberg, Metzge, Kahlenburg.

Herr Kählert hatte veranlasst, das Plakat vor dem Fest abzunehmen.

Ein Oberstufenlehrer (Fach Deutsch) dozierte: Ödipus von Sophokles ist zunächst psychisch blind. Später ist er zwar physisch blind, aber psychisch hellsichtig. Heute ist die Menge der Menschen ahnungslos und psychisch blind.

Der Wunsch, psychisch hellsichtig zu sein, kann nur gut sein, wenn man wie zur Zeit des Sophokles an Götter oder wenigstens an einen Gott glauben würde. An Götter also, die mehr sehen als der Mensch und zu deren Wissen ein Schicksal den Menschen hinaufziehen kann.

Ein kleiner Kreis ehemaliger Lehrer und Abiturienten blieb bis zum Schluss.

Ich würde gern an etwas glauben, sagte einer, im Glauben einen Halt finden. Aber der Boden bleibt brüchig, der Zufall regiert. Ich werde das Gefühl nicht los, dass man zufällig Täter oder Opfer ist. Wie kann man sich gegen dieses Gefühl wehren?

Kindheitserfahrungen haben mein Bewusstsein unterbewusst geprägt. Eine glückliche Liebe hätte mich vielleicht retten können. Aber ich habe sie nicht erleben dürfen. Ich fühle mich unbehaust und tröste mich mit dem zynischen Bewusstsein, dass jede Sinngebung eine wenn auch fruchtbare Illusion ist.

Ein für mich unbegreiflicher Weltenplan ordnet die Summe der Zufälle. An diesen Glauben klammere ich mich, sagte sein Nachbar.

Der erste fuhr fort: Ich weiche der Begegnung mit dem Elend, mit Armut und Not, mit behinderten Menschen gern aus, weil es mir Angst einflößt. Ich gucke nicht weg, um selbst besser und ungestörter genießen zu können. Ihr versteht, was ich meine: um vielleicht beim sinnlichen Genuss nicht durch ein schlechtes Gewissen gestört zu werden. Ja, was dann? Nein, die bedrückende Vorstellung quält mich: es ist purer Zufall, dass du nicht an der Stelle des anderen Unglücklichen bist. Die Angst vor Chaos und Grausamkeit, die sich hinter unserer scheinbar geordneten Welt verbirgt. Die Angst vor der Wahrheit, die sich nur in der Form einer Fratze zeigt. Das heimliche Hohnlachen, das unsere Pseudowelt als das entlarvt, was sie ist: als eine permanente Flucht in die selbstgerechte Illusion.

Hans Urweider mischte sich in die Gespräche.

Ihr habt ja recht. Mein Freund Robert Wilnius schreibt nicht mehr. Warum nicht? Was hemmt ihn, was hindert ihn zu schreiben? Ich will es euch sagen: eine Unsicherheit. Unsicher ist er, was den Glauben an sich und sein Talent angeht. Aber auch, was den Glauben an den Sinn des Schreibens überhaupt angeht. Die Angst, sich auf ein Abenteuer einzulassen, von dem man nicht weiß, wie es ausgeht.

Würde denn, wie so viele behaupten, vom Schreiben eine therapeutische Hilfe ausgehen? Er meint: nein. Das Gegenteil sei der Fall.

Er will, um in einer kulturlosen Zeit überleben zu können, der Sensibilisierung, dem „Sich-Umgraben", wie es Martin Walser einmal genannt hat, den Kampf ansagen. Er hat schon zu viele Menschen kennengelernt, deren Existenzen gescheitert sind. Sie suchten den Freitod, weil sie an sich und ihrer Zeit verzweifelten. Sie waren so unvorsichtig gewesen, ihre Sensibilisierung zu pflegen, erlagen dann ihren tiefen Depressionen. Sie haben unsere Zeit verkannt, dem Individualismus allzu sehr gefrönt. Als ihnen die Anerkennung, die Resonanz ihrer Umwelt versagt blieb, zogen sie die Konsequenz.

Immer dieselben Worte zum Abschied am Grab:

Unser Freund war nicht robust genug, um in unserer kalten materiellen Welt überleben zu können.

Unzählige Bekannte hat unser Robert Wilnius schon auf diese Weise verloren. Und fast wäre er selbst einer falschen Einschätzung seiner Person und seiner Umwelt zum Opfer gefallen. Es war noch einmal gut gegangen.

Aber der gute Ralf Dodolik, mit dem wir in Tübingen studiert haben. In einem Hölderlin-Seminar, glaube ich, da war auch Ralfs Entscheidung gefallen: ich werde Schriftsteller. Natürlich ein freier, wie es sich gehört. Robert hatte sich auf den dringenden Wunsch seiner Eltern in einen bürgerlichen Beruf, den des Lehrers, zu retten versucht. Dodolik hatte keinen Erfolg. Das heißt: Er war zu begabt, zu gut, um in unserer kommerziell verseuchten Welt Erfolg zu haben. Er wurde drogenabhängig und nahm sich später das Leben.

Nein, die Geburt eines Kindes ist kein Wunder, hörte man jemanden sagen. Ich meine: das Zeugen und Gebären von Kindern wirkt deprimierend, weil es ohne Transzendenz ist.

Ich weiß nicht, was du unter Transzendenz verstehst.

Na, ist doch klar: es handelt sich um einen biologischen Mechanismus, eine ewige Wiederkehr des gleichen Vorgangs, den wir mit den Tieren gemein haben.

Die Frau und ihr Baby, die glückliche Mutter müssen in der Vorstellung des Mannes, des Vaters verklärt werden.

Einer erwiderte: Ich finde es schlimm, wenn man die Geburt nicht mehr als ein Wunder begreift und den ganzen Vorgang auf seine rein biologischen Funktionen reduziert. Mir wenigstens ist die Achtung vor dem Leben noch nicht verloren gegangen.

Bis zu meinem 25. Lebensjahr habe ich kaum Alkohol getrunken, ganz selten, rief jemand plötzlich dazwischen. Zweimal war ich in den ersten Studentenjahren betrunken. Wir haben alle damals kein Geld gehabt, um uns alkoholische Getränke zu kaufen.

Kannst du dich noch an die Bardame Mucki und den kleinen Italiener Angelo erinnern in meiner alten Kneipe?

Man trank sich Mut an, fing plötzlich an zu schweben, bekam Lust, den Raum zu überwinden und die Zeit. Die Hemmungen schwanden.

Robert Wilnius sagte lächelnd: Als ich noch aktiv im Schuldienst beschäftigt war, erschien mir ein Weinlokal in Würzburg aus der Sicht meiner Heimatstadt wie ein Refugium, eine Fluchtburg, die Geborgenheit bietet. Warum geborgen? Ich konnte mich dort verstecken.

Das Mädchen Chantal zu ihrer Freundin Yvonne: Christian hat die ganze Zeit nach meinem Hinterteil gesehen. Da muss doch noch Gefühl bei ihm vorhanden sein.

Wolfgang Kählert allein in seinem Schulleiterzimmer.
Es gibt ein Urbedürfnis des Menschen nach Anerkennung, dachte er. Auch der Gewalttätige will auf sich aufmerksam machen. Im Ausdruck der Empörung und des Abscheus fühlt er sich wahrgenommen. Die Bedingungen einer Sozialisierung von Jugendlichen haben sich in unserer Gesellschaft verschlechtert. Viele sehen in der Gewalt ein natürliches Mittel der Konfliktlösung.
Häuften sich nicht die Problemfälle? Er hatte es heute wieder einmal erleben müssen. Fast sollte man meinen, die intakten Familien seien eine Ausnahme. Wuchsen dem Lehrer nicht immer neue Aufgaben zu? Aber er wollte zufrieden sein. Es war doch wohl ein gelungenes Fest gewesen.

Ein Mann, der sich während des Festtages mit seinem 12Jährigen im Gymnasium aufgehalten hatte, schrieb voller Stolz abends in ein Tagebuch „Unser Kind“. Er schrieb über seinen Sohn, der erst acht Monate alt war: „Der erste Zahn kam vor drei Monaten zum Vorschein. Bald darauf waren es drei Zähne. Heute sind schon vier obere und vier untere sichtbar.“

Romane von Jürgen Reimer:

Der Ferienschreiber (1998)
ISBN 3-89501-627-6

Gruppenreise (2001)
ISBN 3-8280-1412-7

Jahre eines Unbehausten (2002)
ISBN 3-8280-1689-8

Ein stiller Rebell (2003)
ISBN 3-8330-1079-7

Sie warfen Feuer auf die Stadt (2004)
ISBN 3-8334-0717-4

Ein Abschied in Rom (2006)
ISBN 3-939305-09-X

Ein Essayband über Thomas Mann erschien 2005.
ISBN 3-8334-2454-0

***Jürgen Reimer**, geb. 1933, war nach seinem Studium in Hamburg und Tübingen (Philosophie, Germanistik, Latein) als Gymnasiallehrer tätig und lebt heute als freier Schriftsteller in Hamburg.*